KB091213

오늘도 초록

오늘도 초록
한은형

봄과 여름 사이의 시간은 새로운 계절의 이름으로 불러도 좋을 것 같아요. '봄'으로도 '여름'으로도 도무지 설명이 불가능한, 찰나의 시절.

아마도 '벚꽃 엔딩'으로부터 시작되는 그 새로운 계절은, 나뭇가지마다 부끄러운 듯 삐죽 고개를 내민 순하디순한 연두가 점점 강렬한 초록으로 짙어져 울창한 절정에 이르기 직전까지를 말합니다. 길어봐야 몇 주 되지 않고 때로는 며칠 안에 끝날 정도로 아주 짧지요. 그래서 하루하루 달라지는 공기의 온도를, 시시각각 변하는 대지의 냄새를 예민하게 지켜본 자만이 누릴 수 있는 행복이기도 합니다.

이맘때쯤이면 우리의 식탁도 얼마간은 함께 초록초록해집니다. 불현듯 야채를 좀 더 챙겨 먹어야겠다는 의무감 같은 것이 생겨나기도 하고, 시장이나 마트의 야채 코너에 조금 더 기웃거리기도 하고, 제철을 맞은 갖가지 나물을 조물조물 무쳐 밥 옆에 놓아보고 싶어지기도 하는 그런. 초록은 그만큼의 생기를 가지고 있습니다. 식사를 준비하는 마음마저 어쩐지 조금 들뜨기도 하는 것이지요.

여기에는 그런 고요한 흥분이 고스란히 담겨 있습니다. 신선한 허브를 구하지 못할까 자주 하늘을 올려다보면서 태풍의 경로를 확인한다는 사람이 들려주는 '그리너리 푸드' 이야기는 벌써부터 싱그럽습니다. 보드라운 초록들이 품고 있는 강인한 힘은 국경을 초월하고, 세대를 넘나들고, 또 취향을 막론하고 흥미롭습니다. 식탁 위에서 아담했던 초록의 세계가 이야기를 따라 끝도 없이 넓고 깊게 확장됩니다.

다만, 이 책에서 말하고 싶은 것은 '채식'이 아닙니다. 그 어떤 음식과도 잘 어울리는 야채들의 '친화력'에 대한 이야기이고, 밥상 위의 조연이 아닌 자체로 메인 메뉴가 되기도 하는 '독립성'에 대한 이야기이지요. 더욱이 양파, 콜리플라워, 가지, 파프리카, 버섯, 당근 등등 외관상 초록이 아닌 것들마저 초록의 기운으로 아우르는, 초록의 '장악력'에 저는 그만 압도되고 말았습니다.

Editor 김지향

차례

샐러드 연주자

하루에 한 번은 샐러드를 먹는다. 이제는 당연해졌지만 어떻게 보면 이상한 일이다. 매끼 밥을 먹어왔던 시간이 훨씬 길기 때문이다. 심지어 나의 가족은 '먹는다'는 일을 '밥을 먹는다'와 동일시하는 사람들이고, 하루에 한 번은 고기를, 또 한 번은 생선을, 그리고 이것저것을 많이도 먹는 사람들이기 때문이다. 그런 집에서 태어나 자랐다.

나 역시 그런 사람이어서 무언가를 항상, 자주, 많이도 먹어왔다. 증조모와 조부모와 같이 살아서인지는 모르겠지만 국도 늘 있어야 했다. 그분들이 차례로 세상을 떠나시고도 나는 국과 함께했다. 국이 없으면 밥을 먹기가 힘들었다. 학교에 갈 때도 꼭 국통이 있는 보온도시락이어야만 한다고 어린 나는 엄마에게 조르곤 했었다.

그러다가 하루에 한 번은 쌀을 먹으려고 했던 시기로 접어들었다. 하루 종일 쌀을 한 번도 먹지 않았다는 자각이 들면 저녁에는 밥을 해서 먹으려고 노력했다. 혼자 살기 시작하면서부터다. 밥을 숭앙하는 가족력의 영향이라기보다는 박찬옥 감독의 영화 〈질투는 나의 힘〉의 영향이 컸다. 소파에 늘어져 있던 박성연(배종옥)이 뻥튀기를 먹으며 이렇게 말했던 것이다. "사람이 곡기를 먹어야지." 관객이 거의 없던 극장에서 친구와 "곡기래!" 하며 엄청 크게 웃었다. 그 친구와는 언제부턴가 연락하지 않는 사이가 됐고, 극장은 문을 닫았다. 정말 오랜 시간이 지난 것이다. 그런데도 뻥튀기를 먹던 배종옥과 그녀의 곡기에 대한 강박은 잊기 힘들다.

쌀을 주식으로 하는 나라에서 태어났고, 밥 먹는 일을 중요시하는 가정에서 자란 내게 밥의 위세는 절대적이었다. 나의 가계는 미곡상도 하고 정미소도 했던 적이 있다. 미곡상을 한 것은 일제강점기의 일이라니 전설처럼 느껴지기도 하는데… 나의 룸메이트였던 증조모가 19세기에 태어난 사람이라는 걸 생각하면 또 얼마 안 된 일 같기도 하다. 증조모는 1899년생으로, '유관순 언니'보다도 '언니'라는 게 늘 기이하게 느껴지곤 했다.

그러다 샐러드를 먹기 시작했다. 밥을 대신한 주식으로 말이다. 밥을 사랑하는 마음과 동시에 '좀 가볍게 먹고 싶다.'라는 생각이 한쪽에 있었다. 가족과 함께 살 때 늘 혼자 있고 싶고, 그래서 자주 어디론가 떠났던 마음과도 비슷하다. 내가 살던 집에서는 가볍게 먹는 게 허용되지 않았다. 늘 뭐가 많았고, 양도 많았다. 알아서 덜 먹었으면 됐는데 그러지 못했다. 아침부터 저녁까지, 거의 노동에 가까울 정도로 끊임없이 먹고 소화시키고 잠자리에 들었다가 다시 먹었던 것이다. 물론 차린 사람의 노동에 비할 바가 아니겠지만.

한식이라는 게 직접 해보니 끼니마다 차려낼 수 있는 게 아니었다. 나물만 하더라도 씻고, 데치고, 헹구고, 물기를 짜고, 양념으로 무쳐야 하는 최소 5단계를 거쳐야 한다. 반찬을 다섯 가지만 놓는다고 하더라도 반찬 그릇에 밥과 국 그릇, 거기에 냄비, 양푼까지 더하면 설거지거리가 엄청나다. 몇 번 해보고 나는 안 되겠다고 결론 내렸다. 한식의 프로세스란 너무나 노동집약적이지만 효율은 엄청나게 떨어지는 것이었고, 이래서 한식의 세계화가 어려운 건가도 싶었다.

샐러드는 아주 간단한 음식이다. 나는 로메인이

나 버터헤드레터스 같은 무엇과도 잘 어울리는 포용적인 야채를 주재료로 삼는다. 여기에 알싸한 루콜라를 더하기도 하고, 아삭한 양상추를 넣기도 하고, 쌉쌀한 라디치오를 얹기도 한다.

내가 생각하기에 샐러드에서 가장 중요한 것은 재료가 아니다. 최상급의 올리브 오일이나 파르미지아노 레지아노 치즈 같은 게 샐러드의 성패를 결정하지 않는다. 핵심은 그 재료를 어떻게 다룰 것인가이다. 어떻게 보면 소설 쓰기와도 비슷하다. 엄청나게 탐나는 글감이 있다고 해도 미숙한 솜씨로 처리해버리면 반짝이던 그것은 모래 더미 속에 묻히고 마는…. 그렇다면 어떻게 다룰 것인가? 소설에 대해서는 잘 모르겠지만, 샐러드에 대해서는 안다. 첫째도 물기 제거, 둘째도 물기 제거, 셋째도 물기 제거다!

일단 잘 씻자. 넓은 양푼에 넣고 흐르는 물에 씻어야 한다. 아기 목욕시키듯 조심스럽게 채로 옮겼다 다시 양푼으로 옮겼다를 반복한다. 우악스럽게 한 번에 채에 들이붓지 말고 한 움큼씩 옮겨야 한다. 다음에는 야채탈수기에 놓고 돌려준다. 버튼을 누르는 자동형도 있고, 손잡이를 잡고 돌리는 맷돌형도 있는데, 나는 자동형을 거쳐 맷돌형에 이르렀다. 손잡이를 돌리는 내내 '샐러드를 완성시키고 있어.'라는 경쾌한 기분에 젖을 수 있다는 게 맷돌형의 이점이다.

야채의 연한 잎에 들러붙은 물기는 집요해서 능숙하게 처리해야 한다. 탈수기에 두세 번 돌려도 물기가 계속 나온다. 한 번 더 돌려서 물기를 제거한 야채들을 바닥이 뚫린 바구니에 넣고 까불러준다. 바구니를 위아래로 흔들어 야채도 위아래로 '떴다-착지했다'를 할 수 있게 해주는 것이다. 방방(정식 표현은 트램펄린이라죠?) 위에서 뛰던 걸 생각하며 기쁜 마음으로 손목의 스냅을 이용해 흔들어준다. 이러면 거의 다 된 거다.

이제 토마토를 더하든 복숭아를 더하든 마음대로 하면 된다. 나는 자몽도 넣고, 치즈도 넣고, 살라미도 넣는다. 잣이나 아몬드를 넣을 때도 있고, 말린 자두를 넣기도 한다. 한 번에 다 넣는 건 아니다. 그때그때 냉장고에 있는 걸 넣는다.

처음에 샐러드를 만들 때는 드레싱을 따로 제조해 양푼에서 버무리는 스타일로 했었다. 심지어 올리브 오일로 먼저 버무리고, 다시 레몬즙으로 버무리는 정성을 들였다. 고전 요리서에서 "이런 방법이 싫으면 나를 욕하라."고 샐러드 장인을 자처하는 자가 강경하게 말하는 걸 읽었기 때문이다. 장인은 또 말씀하셨다. "오일은 넉넉히, 소금도 넉넉히, 식초는 아주 조금만."

요즘의 나는 그냥 내 식대로 한다. 미리 무치지도 않고, 드레싱을 미리 제조하지도 않는다. 모든 것이 접시 위에서 즉흥적으로 이루어진다. 장인의 양념 수칙도 무시한다. (오일과 소금과 식초 모두 약간만 넣는다.) 하지만 나는 나의 이 무계획에 의지한 샐러드가 키스 재럿이 연주하는 즉흥곡 같은 것이 될 수 있다고도 믿는다. 매일같이 연주하다 보면《쾰른 콘서트》같은 명반도 나오는 거겠지.

골뱅이 무드

언제부터 골뱅이를 좋아하게 되었는지 모르겠다. 안주를 시킬 권한이 주어지면 골뱅이 무침을 고르곤 했다. 열 명쯤 있고, 안주를 두세 개 시키는 그런 자리에서.

골뱅이 무침을 먹을 수 없는 사람은 없다고 판단했던 것이다. 골뱅이가 싫으면 오이나 당근을, 그것도 싫으면 소면을 먹으면 된다고 생각했다. 골뱅이 무침을 보급형 양장피쯤으로 여겼달까. 양장피나 해파리가 싫으면 해삼이나 새우를, 그것도 싫으면 오이나 당근을 먹을 수 있는 것처럼.

주로 '포엑스(XXXX)'나 '아쿠아'에서였다. 포엑스는 과 애들이 좋아하는 데였고, 아쿠아는 내가 좋아하는 곳이었다. 포엑스는 신축 건물에 들어선 신흥 맥줏집이었다. 미국의 노스다코타나 미네소타 어디쯤에 있을 법한 클럽을 흉내 낸 엉성한 상징들로 가득한 곳이어서 나로서는 정을 붙이기가 힘든 면이 있었다.

포엑스에서든 아쿠아에서든 항상 골뱅이 무침을 시켰다. 우리는 각자의 앞접시에 취향껏 옮겨 담았다. 오이가 싫으면 오이를 빼고, 당근이 싫으면 당근을 빼고. 골뱅이보다 당근과 오이 위주로 담는 나 같은 사람도 있었고.

　이제는 골뱅이 무침을 시킬 일이 거의 없다. 그런 대형 호프집에 갈 일이 없는 것이다. 더 이상 단체 술자리에서 술을 마시지 않는다. 많은 시간이 흘렀고, 내가 그런 자리를 좋아하는 사람이 아니라는 것 또한 알게 되었다. 주도권을 잡으려고 유치하게 구는 사람이 있고, 소외되는 사람이 있고, 꽥꽥 질러대는 소리가 있고, 사랑 타령류의 듣기 괴로운 노래가 있는 그런 자리를 좋아하는 사람이 얼마나 될까 싶지만.

　'골뱅이의 시대'에 있었던 어떤 일이 떠올랐다. 정말이지 '까맣게 잊었다.'라고 말할 수 있는 상태였는데 이 글을 쓰다 생각났다. 나는 한때 골뱅이 무침을 만드는 아르바이트를 했었다. 정확히 말하면, 카페 아르바이트였다. 어쩌다 보니 골뱅이 무침 만드는 일을 겸하게 됐던 것이다.

　인 더 무드. 카페의 이름이었다. 지나고 보니 칙칙한 이름 같지만 당시 '인 더 무드'에서 사람을 구한다는 것에 혹했다. '별빛 천사'나 '너랑 나랑' 같은 이름의 카페에서 구인을 했다면 아마 가지 않았을 것이다.

면접을 보러 가던 날, 문을 열고 들어가다 넘어질 뻔했다. 너무 어두웠다. 넘어질 뻔하고 나서 나는 이 조도에 흥미가 생겼다. '인 더 무드'란 이름에 걸맞게 유난히 분위기를 강조한 조도가 정말 '무드'를 위한 것인지 아니면 소파의 얼룩을 가리기 위한 것인지 궁금했다. 또 카키색 베레모를 쓴 남자와 업스타일 헤어를 한 사장과의 관계를 지켜보고 싶다는 마음도 있었다. 사장은 나한테 베레모 남자를 '실장님'이라 부르라고 했다. 나는 여기가 마음에 들었다. 인 더 무드에 있으면 안개 속에 있는 듯한 느낌이 들었기 때문이다.

일은 아주 간단했다. 오후 4시쯤 출근해 환기를 시키고, 손님이 오면 메뉴판을 가져다준다. 그러고는 손님이 주문하는 음료를 내어주고, 계산을 하면 되는 일이었다. 한가한 곳이라서 손님은 거의 없었다. 어쩌다 오는 손님은 거의 사장과 실장의 아는 사람이었다. 범상치 않은 분위기를 풍기는 무리였다…

는 것만 말해두기로 한다.

　　어느 날부턴가 안주도 만들게 되었다. 다행스러운 일이었다. 워낙 할 일이 없었기 때문이다. 주방에 처음 들어간 날 알았다. 여기서는 무엇도 만들 수 없다는 걸. 뭐가 없어도 너무 없었다. 그렇다고 식자재를 구비해 달라고 요청할 만한 상황도 아니었다. 어쨌거나 나는 해보기로 했다. 골뱅이 무침을.

　　그때는 을지로 골뱅이 골목이라는 게 세상에 있는지도 몰랐을 때지만, 일단 골뱅이 무침을 특화시키자고 생각했다. 골뱅이 무침을 할 수 있는 재료는 있었으니까. 나는 골뱅이 무침이 괜찮다고, 손님이 메뉴판을 펴기도 전에 말했다. 그러면 열에 아홉은 골뱅이를 달라고 했다. 내가 '골뱅이 무드'를 조성했던 것이다. 아니면 안개 속에서의 유대였을까?

　　대체 무슨 자신감에서 그랬는지 모르겠다. 그때까지 나는 골뱅이 캔을 따본 적조차 없었다. 믿는 구석은 있었다. 워낙 많이 먹어본 터였다. 고춧가루로 색을 내고, 간장으로 염도를 조절하고, 식초로 산미를 가미하고, 설탕으로 단맛을 더하면 되는 게 아닌가 싶었다.

그리고 신선한 오이! 신선한 오이를 넣으면 골뱅이 무침은 맛이 없을 수 없다고 생각했다. '실장님'에게 오이는 매일 사야 한다고 이야기한 덕분에 신선한 오이를 쓸 수 있었다.

도마에서 오이를 자르는 순간 알았다. 기분이 좋지 않을 때 오이를 자르면 되겠다고. 오이의 촉감과 냄새와 색깔이 주방의 칙칙함을 일신시키고 있었다. 그리고 소리! 탁 탁 탁 탁, 오이를 자르는 칼이 나무도마를 때리며 나는 소리가 좋았다. 탁 탁 탁 탁, 메트로놈처럼 일정한 간격으로 소리를 내기 위해 노력했다. 아마도 나의 이 작은 유희가 골뱅이 무침에 경쾌함을 입혔을 거라고 생각한다.

그렇게 경쾌함을 입은 골뱅이 무침이 완성되었다. 그런데 간을 보는데 아주 익숙한 맛이 느껴졌다. '뭐지? 어디서 먹어본 맛이더라….' 잠시 후 깨달았다. 내가 만든 골뱅이 무침에서 포엑스의 골뱅이 무침 맛이 난다는 걸. 인정할 수밖에 없었다. 내가 만든 골뱅이 무침은 '포엑스식'이라는 걸. 나는 그저 경쾌함 정도를 토핑으로 추가했다는 걸.

포엑스에서, 도무지 정을 붙일 수 없던 포엑스에서, 골뱅이 무침 강습이 이루어졌던 것이다. 나도 모르는 사이에 말이다.

벚꽃과 미나리

Q는 벚꽃을 보러 여의도에 가야 한다고 했다. 나는 "으응." 하고 건성으로 대답했다. 그런데 다음 말에는 그럴 수 없었다. 벚꽃을 보고 나서 연포탕을 먹어야 한다고 했기 때문이다. 나의 목소리는 다급한 "응?"으로 바뀌었다.

Q가 다시 보였다. 벚꽃에 연포탕이라니. '제법인데?' 싶었다. 나로서는 생각지 못한 조합이었는데, 생각하면 생각할수록 정말 잘 어울리는 둘이었다. '어떻게 나는 이런 연상을 못해본 거지?'라는 약간의 분함도 있었지만… 얇은 벚꽃 잎 뒤로 비치는 투명한 연포탕의 맛에 대해 상상했다. 낙지의 야들야들함을 온전히 받아들이는 미나리와 무의 투영성에 대해서도.

나만 그럴 것 같진 않은데, 벚꽃을 보러 간 여의도에서 아주 실망스러운 경험을 한 적이 있다. 흡사 군단에 가까운 노점들이 인도를 점령했고, 엄청난 쓰레기가 길 위에 나뒹굴었다. 그런 길 위를 사람들과 어깨를 부딪치며, 쓰레기를 피하며(혹은 밟으며) 걸어야 했다. '이럴 바에야 차라리 벚꽃을 보지 않고 말겠어.'라고까지 생각하게 되었다. 벚꽃이 여의도에만 있는 것도 아니고.

　내게 벚꽃을 보러 여의도에 간다는 일은 그런 모든 것들을 견뎌야 한다는 걸 의미했다. 그랬는데… 그랬던 것이었는데… '연포탕'이라는 단어가 들려오는 순간 마음속 뭔가가 바뀌었다. 그래서 물었다. "여의도에 괜찮은 연포탕집이 있어?" 그렇다고 하면 잠시 그 혼돈을 견뎌보자고 마음을 다잡으면서 말이다.

　다시 흔들렸다. Q가 "나는 괜찮았는데…."라고 말했기 때문이다. 그런데 생각해보니 '최고'나 '완벽' 같은 최상급의 수식어를 동원하지 않았다는 점이 신뢰가 갔다. '나는 괜찮았다.'라니…. 얼마나 담백하고도 슴슴한 표현인가 싶었고.

　더군다나 나는 괜찮은 연포탕집을 알고 있지 못했다. 최소한 서울에는 없었다. 맛있게 먹었던 집은 멀리 태안에 있었다. 서해안고속도로를 타고 달리면 두 시간도 안 걸린다고 말할 사람도 있겠지만 나는 그 정도로까지 음식에 헌신하는 타입은 아니다.

태안에서 박속 낙지를 먹은 적이 있었다. 말 그대로 속을 긁어낸 박을 넣고 끓여낸 연포탕. 울외 장아찌도 좋아하고 박나물도 좋아하는 나로서는 요즘은 흔히 볼 수 없는 박과(科)류가 들어가면 일단 감격하고 만다. 그래서 낙지가 좋았던 건지 박이 들어가서 좋았던 건지 잘 판단이 안 되기도 한다. 어쩌면 그저 박이 좋았던 건지 모르겠다는 생각도 든다.

역시나 벚꽃 시즌의 여의도는 고난이도였다. 그날은 피에로와 둘리 탈을 쓴 사람도 활약하고 있었다. 뭔가 판이 더 커진 모양이었다. 나는 빨리 연포탕집으로 가자고 했다. "꽃도 안 보고?"라고 Q가 말했다. "오면서 보면 되지."라며 나는 마음에 없는 말을 했다.

10분에서 20분쯤 걸었을까. 어느 상가 2층에 연포탕집이 있었다. '자유'나 '희망' 같은 식별이 잘 되지 않는 고유명사로 된 상가였다는 것만 기억난다. 식당에 가까워질수록 범상치 않은 기운이 느껴졌다. 간판의 폰트랄까 입간판의 모양새가 진지했다. 주인 아주머니가 우리를 맞는 방식도 사뭇 달랐다. 뭐랄까… 은은하게 친절했다. 말을 많이 하지 않았지만 많지 않은 말 몇 마디에 '스웩'이 있었다.

그리고 디테일들이 달랐다. 일단 방석부터. 쿠션감이랄까 위생 상태에 대해 관리자가 얼마나 세심한 관심을 기울이는지 알 수 있는 방석이었다. 메뉴판은 붓펜으로 쓰인 걸로 보였는데, 상당한 필체였다. 그 필체의 소유자가 쓴 것으로 보이는 액자도 벽에 걸려 있었다. '하면 된다.'나 '웃는 사람에게 복이 와요.'처럼 단박에 이해되는 내용이 아니었다. 어떻게 해석해야 할지 곱씹게 되는 문장이었는데… 생각나지 않으니 애석하다. 모든 게 상당했지만 어떤 것도 드러내놓고 과시하지 않는다는 점에서 더 상당했다. 이런 사람이 주인이고, 이런 마음으로 식당을 하는데, 형편없는 음식을 낼 가능성은 아주 희박하다는 판단이 들었다.

세발 낙지와 가늘디가는 미나리, 약간의 무와 홍고추를 넣은 연포탕이 나왔다. 미나리를 줄을 맞춰 가지런히 놓았다는 점도 인상적이었다. 그리고 살아 있는 세발 낙지였다. 주인은 냄비에 몰입하고 있다가 낙지의 색이 바뀔까 말까 하는 찰나에 단호하게 불을 껐다. 나는 이런 절도라면 닮고 싶다고 생각했다.

연포탕은 식당과 꼭 닮아 있었다. 최상의 재료를 최선으로 손질해 최적의 컨디션으로 먹을 수 있게 만든 연포탕이었다. 문어에 가까운 대형 낙지가 아닌 세발 낙지라는 것, 일반적인 미나리가 아니라 여린 미나리('한재 미나리'라고 한다는 걸 나중에 알았다.)를 썼다는 것에 이 연포탕의 특별함이 있었다.

국물을 떠먹는 순간 느꼈다. 이 연포탕은 완벽하다고. 더할 게 없고 뺄 것도 없다. 그러니까 '더할 나위 없음'과 '뺄 나위 없음'의 상태. 얇고… 투명하고… 가벼운데… 깊다. 벚꽃을 보지 않아도 될 것 같았다. 이미 벚꽃이 입안에 들어 있었으니까.

미나리를 먹고 알았다. 이 연포탕을 완벽하게 만드는 것은 낙지보다 미나리, 그것도 이렇게 연한 미나리의 위력이라는 것을 말이다. 이 낭창낭창한 미나리가 아니었다면 세발 낙지의 은은함을 제대로 받쳐주지 못했으리라는 것도.

맛있는 연포탕을 몇 번 먹어보지 못한 사람으로서 감히 논해보자면, 연포탕이라는 음식의 속성을 완벽히 이해한 조리였다고 생각한다. 벚꽃을 띄운 노천탕에서 목욕이라도 하듯 호사스러운 기분이 들었던 것이다. (해본 적은 없습니다만.) 연포탕에 뜬 미나리를 연두색 벚꽃이라고 생각하면서 입안에 넣었다.

봄과 나약한 연인

연희문학창작촌에 머무를 때의 일이다. 그곳에 두 번 있었는데 한 번은 가을, 한 번은 봄이었다. 지금 이야기하려는 것은 봄의 이야기다.

　　처음 머무를 때는 개인 주방이 딸린 방에 있었는데, 봄에 머무를 때는 공동 주방을 써야 했다. 좋기도 하면서 안 좋기도 한 일이었다. 내가 작가 레지던스에 가는 이유 중 하나인 '주방으로부터의 분리'를 강제 시행할 수 있다는 점에서 일단 좋다. 공동 주방을 쓰면서까지 음식을 하게 되지는 않으니까. 하지만, 역시나 나는 주방을 필요로 하는 사람임을 곧 깨닫게 된다. 그러니 '안 좋기도 한 일'이 되고 만다. 이 공동 주방의 역설로부터 깨달았다. 그리 좋아하면서도 '주방으로부터의 분리'를 필요로 하지만, 곧 분리불안을 겪고 마는 주방의 나약한 연인인 나에 대하여.

　　무엇을 먹을지 생각하고, 구상하고, 장을 보고, 먹고, 치우기까지 일련의 행위는 내게 행복감을 주기도 하지만 지겨워지는 때가 오곤 한다. 그래서 이 '음식 권태기'에 레지던스에 가게 된다. 써야 할 것에 대한 압박 때문에 음식에 대해 생각하는 게 부담스러워지는 것일 수도 있다. 그런데… 일주일도 지나지 않아 잔잔한 파동이 일기 시작한다.

간절하게 먹고 싶은 음식이 생긴다. 이게 1단계다. '그냥 사 먹으면 되는데 뭐가 문제냐?' 싶으시겠지만 그렇게 녹록지가 않다. 특정한 디테일을 내가 원하는 대로 구현한 음식을 먹고 싶기 때문이다. 이를테면 대파의 속심을 빼고 흰 부분만을 넣은 골뱅이 무침이라든지, 달걀물을 아주 얇게(이 부분이 포인트) 푼 황탯국이라든지, 숨이 죽지 않은 느타리와 표고버섯이 들어 있는 불고기를 원하게 된다. 골뱅이 무침이나 황탯국이나 불고기 '일반'을 원하는 게 아니다 보니 사 먹는 게 쉽지 않다. 방법은 하나. 스스로 할 수밖에 없다. 내가 원하는 디테일을 몸소 구현한 음식을 말이다.

하지만 주방이 없는 나로서는 할 수가 없었다. 그래서 대신 슈퍼에 갔다. 일종의 아이쇼핑이라고 할 수 있다. 옷을 사지 못하더라도 보는 것으로 어느 정도 충족되는 것처럼, 음식을 하지 못할 형편일 때 식자재를 보는 것만으로도 약간은 진정이 된다. 연희동에는 '사러가' 슈퍼라는 괜찮은 데가 있다. 타임, 바질, 민트, 고수는 물론 세이지와 타라곤에 식용 꽃까지 준비된 허브 코너가 나의 첫 목적지다. 다음에 엽채와 버섯을 본다. 동남아 소스 코너를 서성거리다가 곡류 코너에 가서 쌀 품종을 비교해보기도 한다. 허브 코너의 다양성에 미치지 못하는 치즈 코너는 패스다. 그러다 잠시 에너지를 보충하기 위해 사러가 슈퍼에 있는 푸드 코트에 들른다. 갈증이 심할 때는 옆문으로 나가면 있는 서서 마시는 맥주 바에 간다.

그러고는 다시 컴백. 새로 나온 뮤즐리가 뭐가 있나 보고, 안 써본 동남아 소스를 들었다 놨다 하고, 집게발이 묶인 랍스터를 보면서 저걸 요리하려면 껍질을 두드리는 갑각류 전용 망치를 사야 하는 건가 골똘히 생각한다. 견과류 코너에서 까지 않은 호두를 보면서는 드레스덴 벼룩시장에서 망설이다 사 오지 못한 호두까기 인형을 생각한다. 창고에서 40년은 썩었다 나왔을, 구동독 시대의 유물로 보이는 그 호두까기 인형은 벼룩 친구들의 삶의 터전으로 보였고, 내 팔뚝만 한 길이였다. 밤에 인형이 살아 움직인다고 해도 이상하게 느껴지지 않을 거라고 생각한 사람이 나뿐만은 아니었기 때문에 '호두까기 인형'이 창작된 게 아닐까 추측하면서 호두를 조용히 내려놓았다.

그뿐만이 아니다. 생선은 물론, 뿌리채소도 안 되고, 엽채도 안 된다. 흙이 묻은 당근이 아무리 탐스럽다 하더라도 놓아야 한다. 과일 말고는 아무것도 안 된다. 정신이 흐트러지려고 하는 순간 '아, 나는 주방이 없지.'라며 스스로를 일깨워야 한다. 내가 살 수 있는 것이라고는 사과와 백향과, 불로초 밀감 같은 게 전부임을 잊지 말아야 한다.

그런데, 머윗잎이 나온 것이었다! 두릅도 있었다. 나는 거기에 있는 머윗잎과 두릅을 모두 집었다가(그리 많지는 않았다.) 도로 내려놨다. 또다시 '아, 나는 주방이 없지.'라는 자각이 들었기에. 그것들을 정돈하고 나오는데 기분이 좋지 않았다. 머윗잎과 두릅을 사서 어서 나의 주방으로 데려가고 싶다는 마음만 가득했다. '이게 과연 옳은 행동일까?' '최선일까?' '나는 잘하고 있는 걸까?'라는 생각이 들었고

급기야는 이런 생각이 들었다. '머위 생각을 없애는 가장 최선의 방법은 머위를 사는 게 아닐까?'라는. 아하!

걸음을 걷던 방향을 바꾸었다. 나는 사러가 슈퍼로 다시 걸어가고 있었다. 결심이 선 것이다. 저것들을 사서 냉장고에 넣었다가, 주말에 집에 가자고. 보일 때 사야 한다고. 지금 사지 않는다면 또 언제 나올지 모른다고. 집에 갈 때 사려고 한다면 없을지도 모른다고. 연희동에 한 달만 있기로 한 터라 그동안 집에 가지 않으려고 했는데… 계획이 틀어진 거다. 계획을 튼 것은 내가 아니라 두릅과 머윗잎이었지만. 나는 나약한 연인일 뿐이기에.

나는 그해에 처음 나온 머윗잎과 두릅에 집착한다. '첫' 머윗잎으로, 그리고 '첫' 두릅으로 장아찌를 해야 하기 때문이다. 조금만 시간이 지나면 두릅은 커지고 가시가 더 뾰족해진다. 머위는 잎이 우산만 하게 커지는데 그러면 안 된다. 장아찌를 담기에는 부적절하다. 못 먹을 정도는 아니지만 백번을 다시 태어난다 해도 최상의 장아찌는 될 수 없다. 아무리 장아찌액의 비율을 환상적으로 맞춘다고 해도 안 되는 건 안 되는 거다. 나는 내려놓았던 두릅과 머윗 잎을 다시, 모두, 집었다.

'냄비에 간장과 식초와 소주와 설탕을 모두 동량으로 넣어 끓인다. 식혀서 붓는다.' 이게 내가 처음 들은 장아찌 레시피였다. 이대로 하니 지나치게 달고 짰다. 봄마다 나는 내 식대로 계량해서 만들고 있다. 그렇기 때문에 기분에 따라 달라진다. 이번에는 소주 대신 매실주를, 설탕 대신 조청과 매실액을 넣었다. 물도 간장만큼이나 넣고, 식초는 간을 보면서 추가했다. 여기에 페퍼론치노를 몇 개 넣고 팔팔 끓여 그대로 부었다. 두릅과 머위는 표피가 상당히 질겨서 이렇게 해야 맛이 잘 흡착되기 때문이다. 곰취나 민들레 같은 나긋나긋한 잎에는 절대 이렇게 하면 안 된다.

이렇게 안달하며 만든 머윗잎과 두릅 장아찌가 냉장고 안에 있다. 봄의 첫 기운과 나의 나약함도 함께 담은.

완전무결한 아보카도와

아보카도를 '잘' 익혀 먹는 게 그리 만만한 일이 아니라는 걸 많이들 아실 줄로 안다. 나만큼이나 여러 번 망해보셨을 거다. '집에 왔을 때 초록색이었던 우둘투둘한 껍질이 갈색으로 변할 때 먹는다.'라는 게 모두가 이구동성으로 하는 말이지만 이 '갈색으로 변할 때'라는 말 역시 어렵다. 웬만해서는 타이밍을 잡기가 쉽지 않다. 겉흙이 말랐을 때 물을 흠뻑 줘야 한다는, 화원에서 대수롭지 않게 말하곤 하는 식물에 물 주는 방법만큼이나 난해하다.

C의 집 앞에 있는 과일 가게에서는 두 종류의 아보카도를 판다고 한다. 초록색 아보카도와 갈색 아보카도. 며칠 집에 두고 익혀 먹을 것과 바로 먹을 만한 것을 파는 섬세한 가게인 것이다. 내가 사는 집 앞에는 이런 가게가 없는 관계로 아보카도를 제대로 먹기 위해서는 스스로 '타이밍'에 대한 감을 키울 수밖에 없다. 자력갱생이 필요하다.

'너무 일찍 잘랐거나 아니면 너무 늦게 잘라서, 도저히 먹을 수 없게 되어 쓰레기통에 버린 아보카도의 개수가 몇 개에 이르러야 아보카도와 친해질 수 있을까?'라고 생각했던 적이 있다. 그 개수를 헤

아릴 수는 없지만 이제 나는 적당한 때를 알게 된 듯하다. 더 이상 아보카도를 버리고 있지 않기 때문이다. 요령이 생겼다고나 할까.

　요즘의 나는 아보카도를 살 일이 있을 때 한 번에 네 개를 산다. 모두 과일 바구니에 올려두고는 오며 가며 색깔의 추이(?)를 살피는데, 각 집의 실내 온도와 습도에 따라 다르겠지만 집에 온 지 사흘 정도면 때가 되었다고 할 수 있다. 다음에는, 갈색으로 변한 아보카도를 만져봐야 한다. 갈색으로 변했다고 하더라도 말랑말랑하지 않으면 아직 때가 안 된 거다. '어떤 느낌'을 받아야 한다. 아보카도를 손에 쥐었을 때, 껍질과 과육이 분리되었다는 느낌이랄까. 겉흙이 말랐을 때 물을 주라는 화원 주인의 말처럼 야속하게 들릴지 모르겠지만, 잘 익은 아보카도는 손에 쥐었을 때 느낌이 다르다.

　잘 익은 아보카도에 칼을 푸욱 찔러 넣을 때의 승리감이라는 게 있다. 그 상태로 아보카도의 목을 딸깍 하고 비틀 때의 쾌감도 상당하다. 아보카도를 제대로 익히기가 꽤나 난해한 일이라서 제대로 익힌 자신이 뿌듯하게 느껴지기 때문일까, 아니면 칼에 꽂힌 거대한 아보카도의 씨앗을 보면서 내가 꽤나 대단한 일을 해낸 것 같은 기분이 들어서일까. 아무튼 호기롭게 절단한 아보카도는 바로 먹어야 한다. 시간이 지나면 사과처럼(아니면 더 못나게) 갈변되고, 속살이 갈색으로 변한 아보카도는 먹고 싶다는 의욕이 들지 않기 때문이다.

　자, 이렇게 한 개의 아보카도를 먹었다면 세 개의 아보카도가 남는다. 내가 이미 먹은 아보카도가 잘 익었다면 나머지 세 개도 잘 익었다고 보면 된다. 이제는 이 잘 익은 상태의 아보카도를 제대로 보관했다가 먹으면 된다. 나는 아보카도가 건조해지지 않게 랩이나 신문지로 잘 싸서 냉장고에 보관한다. 이렇게 후숙된 아보카도를 모두 해체 및 절단해서 냉동실에 보관하는 방법도 블로그에서 보았지만 시도해보지는 않았다. 버터를 냉동실에 보관해도 크리미함이 훼손되지 않는다는 것을 경험적으로 알고 있지만 아보카도는 단지 크리미하기만 한 물질이 아니라고 보았기 때문이다.

아보카도를 처음 먹었던 곳은 아마도 'T.G.I. 프라이데이스'였던 듯하다. 거의 20년 전쯤? 나초를 시키자 살사 소스와 사워크림, 그리고 과카몰리가 함께 나왔다. 당시의 나는 그 으깨진 연두색 과육이 무엇인지 알지 못했는데, 먹자마자 느낌이 왔다. '아마 아보카도로 만든 게 아닐까?' 하고. 신기하다. 대추야자를 먹을 때도, 벨페퍼를 먹을 때도 그랬다. 그게 뭔지 몰랐지만 입에 넣고 맛을 보자 그 음식의 이름을 알 것 같았다. 나는 이런 일들이 어떻게 가능한지 신기할 따름인데… 음식에 대한 지극한 애정 때문이라고 설명하기에는 좀 부족하다는 생각이다. 이럴 때, 나와 음식과 단어 사이에 끈끈한 운명이 감돈다는 느낌을 받곤 한다.

그래서였을까. 내가 처음으로 아보카도를 사서 만든 음식은 과카몰리였다. 페루 쿠스코의 여인들이 만들 때처럼 돌절구는 없었지만 나름대로 정성을 기울이며 만들었다. 양파와 방울토마토를 손톱의 4분의 1 크기 정도로 썰었고, 아보카도를 나무주걱으로 으깼다. 으깨진 아보카도가 있는 믹싱 볼에 거의 다진 양파와 방울토마토를 넣은 후 소금과 후추를 뿌리고, 라임즙을 듬뿍 넣었다. 하바네로나 아르볼 같은 그곳의 고추를 넣을 수 없는 걸 애석해하며 손으로 부순 페퍼론치노도 약간.

충분하지 않았다. 라임즙도 듬뿍 넣고 좋아하는 페퍼론치노로도 조금 가미해서 그런지 T.G.I. 프라이데이스에서 먹었던 것보다는 훨씬 나았지만 어딘지 충분하지 못했다. 나는 그 이유를 돌절구에서 찾았다. 쿠스코에서 쓰는 과카몰리용 돌절구에 으깼더라면 하는 아쉬움을 여전히 갖고 있다. 돌절구가 없다는 이유로 나는 과카몰리 만들기를 다시는 시도하지 않았다.

역시나 같은 이유로 바질 페스토도 만들지 않는다. 한참 후에 이탈리아 리구리아 지방에서 바질 페스토를 만드는 아주머니가 등장하는 다큐멘터리를 본 적이 있는데, 그분이 "돌절구가 없다면 바질 페스토 만들 생각을 하지 마세요."라고 말하는 걸 보면서 혼자 웃었다. 이 '돌절구 열망'에 대하여 누구한테 말해본 적이 없었는데 이렇게 쓰고 보니, 어디 그런 게 돌절구뿐인가 싶다.

그래서 나는 아보카도를 그냥 먹는다. 순수하게 아보카도인 채로. 그게 가장 좋다. 칼질은 최소화하고 어떤 양념도 하지 않고 먹는다. 마치 흰죽을 한 숟가락 떠먹고 쌀의 순수한 맛에 감격하기라도 하듯이 반으로 가른 아보카도를 티스푼으로 파 먹으면서 완전무결한 초록을 느낀다.

포도잎 쌈밥

쌈밥을 좋아한다. 매일 먹으라고 해도 질리지 않고 먹을 수 있을 정도다. 내게 쌈밥이란, 내가 가장 좋아하던 음식인 밥과 이제는 밥만큼이나 좋아하는 음식인 샐러드를 결합한 음식이니 그럴 수밖에. '샐러드'에 '밥'을 곱한 느낌이랄까. 더하기가 아니라 곱하기.

상추, 치커리, 케일, 청경채, 겨잣잎, 적근대, 신선초, 당귀, 머위순, 민들레…도 좋지만 익힌 양배추나 호박잎, 머윗잎 같은 숙채도 좋다. 이 엽채들을 겹겹이 쌓고 있으면 마치 허브 침대를 만들고 있다는 생각이 든다. 밥과 쌈장을 안온하게 눕히기 위한 허브 침대. 이것을 입에 넣으면 여러 겹의 촉감과 향이 뒤섞이는데… 이때마다 새롭게 태어나는 듯한 느낌을 받곤 한다.

베를린에 갔을 때 새로운 쌈밥을 먹어봤다. 쌈밥인 줄 알고 먹었던 건 아니다. 유기농 슈퍼마켓을 탐험하다 우연히 발견했다. 포장이 내 흥미를 끌었던 것이다. 푸아그라가 들어 있을 법한 정도의 납작한 금색 캔에 포도와 포도잎이 인쇄된 스티커가 붙어 있었다. 'Dolmades'라는데, 돌마데스가 뭔지 들어본 적이 없었다.

캔을 땄더니 퇴색한 올리브잎 같은 색의 잎사귀에 무언가가 돌돌 말려 있었다. 아하! 먹기도 전에 그게 뭔지 알 수 있었다. 포도잎 쌈밥이었다. 지중해식 쌈밥이구나 싶었다. 한눈에 봐도 독일 음식은 아닌 것이다. 나는 돌마데스 다섯 개를 접시에 던 후 한 개를 입으로 가져갔다.

입술에, 포도잎의 잎맥이 느껴졌다. 잎맥이 꼭 지문 같아서, 포도잎이 사람 손바닥 같다고 생각하며 입에 넣었다. 포도잎 쌈밥을 깨물자 안에 있던 쌀과 향신료와 올리브 오일과 레몬즙 같은 게 터지면서 포도잎과 섞였다. 나는 최대한 천천히 씹으면서 그것들이 뒤섞이며 불러일으키는 효과에 집중했다.

내 생각에 돌마데스라 불리는 이 포도잎 쌈밥은 쌈밥을 좋아하는 사람이라면 좋아할 수밖에 없는 음식이다. 호박잎 쌈을 좋아한다면 가능성이 더 높아지고, 쿠민이나 아니스 씨앗 같은 향신료마저 좋아한다면 꼭 먹어봐야 한다. 통조림에 든 돌마데스도 이렇게 맛있는데 통조림이 아닌 돌마데스라면 얼마나 맛있을지 궁금했다. 내가 먹었던 돌마데스는 정 크 푸드임에도 계속해서 음미하고 싶어지는 아취가 있었다.

일주일도 지나지 않아 본격적인 돌마데스를 먹을 일이 생겼다. 무슨 심포지엄인가에 갔다가 단체로 이동한 뷔페식당에서였다. 터키 음식을 하는 곳이었는데, 터키 음식만 있지는 않았다. 키슈와 무사카, 가지 절임을 집고 나서 돌마데스를 발견했다. 유레카! 돌마데스를 간절히 생각했더니 돌마데스가 응답해주었다고밖에는 생각되지 않았다. 그래서 나는 거의 돌마데스로 접시를 채웠다. 정통 돌마데스인지는 모르겠지만 정크 돌마데스보다는 낫지 않을까 기대하면서 말이다.

내 접시를 보고 누군가가 물었다. 이게 뭔지 알고 먹는 거냐고. 나는 포도잎 쌈밥이 아니냐고, 지난주에 처음 먹어봤는데 다시 먹게 되어 신기하다고 했다. 그날 함께 있던 베를린 사람 중에서 돌마데스를 먹는 사람은 없었다. 나는 향신료를 풍부하게 사용한 그 식당의 음식이 좋았는데, 베를린 사람들은 내가 좋아하는 바로 그 이유로 그곳의 음식을 그다지 좋아하지 않는 것 같았다.

이 음식이 고대로부터 유래한, 상형문자를 쓰기 이전부터 먹던 아주아주 오래된 음식일 거라는 확신이 들었다. 근거가 전혀 없는, 단지 느낌에 불과한 확신이었지만 어쩌면 내가 먹어본 음식 중 가장 고래(古來)의 것일지도 모르겠다는 생각에 휩싸였던 것이다. 그걸 씹고 있으면 그리스의 신전이나 이집트의 모래사막 같은 게 머릿속에 영사됐기 때문이다. 참으로 이상하게도.

알고 보니 정말 그랬다. 기원전 1세기의 마케도니아에서도 만들어 먹었다는 이야기를 읽었다. 그때는 포도잎이 아닌 양배추를 사용했다고. 양배추 다음에는 무화과잎에 싸 먹기 시작했고, 포도잎 쌈밥은 1세기경부터 먹기 시작했다고 한다. 1세기라니…. 그때는 쌀이 아닌 단맛이 나거나 짠맛이 나는 걸 싸 먹었다는 걸로 봐서 간식 같은 것이었던 듯하다. 쌀을 넣기 시작한 것은 15세기 이후로, 쌀을 넣기 시작하면서 오스만제국에서 궁중 요리로 취급받게 되었다고 한다.

베를린에서 나는 끼니를 챙겨 먹기도 애매하고 그렇다고 굶기에는 애매할 때 돌마데스를 먹었다. 배가 부르지만 기분이 울적할 때도 돌마데스를 먹었다. 돌마데스를 먹기 위해 도시락을 싼 적도 있었다. 그때는 몰랐는데 지금 생각해보니 돌마데스는 베를린에서의 소울 푸드였던 것이다. 통조림에 든 소울 푸드. 정크 푸드이지만 슬로 푸드 같은 기묘한 소울 푸드. 그렇게 내 마음을 다스려주었으니 멘털 푸드라고 해야 하는 걸까?

한국에 돌아와 어느 밤, 갑자기 감이 왔다. 돌마데스를 어떻게 만들어야 하는지. 그러자 돌마데스를 만들어보고 싶다는 열망이 끓어올랐다. '포도잎만 구할 수 있다면…'이라는 간절함으로 포도잎을 파는 곳이 있는지 인터넷에서 찾아보았다.

포도잎을 파는 덴 없었고, 대신 나 같은 사람을 발견했다. 농산물 직거래 카페에서였다. 약을 치지 않은 포도잎을 사고 싶다며 문의하는 글이 올라와 있었다. 돌마데스를 만들고 싶다며. "포도잎도 먹나요?"라는 댓글이 달린 거 말고는 거의 반응이 없었다. 〈6시 내 고향〉 같은 프로그램에서 포도잎의 효능에 대해 방송해주면 얼마나 좋을까 생각했다. 그러면 아마도 포도잎을 문의하는 사람들이 폭증할 테고, 포도를 기르는 농가들은 부수입을 올릴 수 있을 텐데….

그러지 않는다면야 유기농 방식으로 포도를 생산하는 농가를 수소문 후 몸소 방문하여 "저, 포도잎 좀 살 수 있을까요?"라며 흥정을 해야 하는 것이다.

베를린의 그린 카레

한때 향수병을 앓았다. 2016년 여름, 베를린에서였다. 내가 베를린에 간 것은 7월이었는데 간 지 열흘도 안 되어 향수병에 걸렸다. 향수병이 어떤 것인지 모르겠고, 내 증상이 보편적인 향수병과 얼마나 합치하는지도 모르겠지만 나는 그게 향수병이었다고 주장하고 싶다. 그렇지 않고서야 그토록 눕고만 싶고, 그토록 한국으로 돌아가고 싶지는 않았을 테니까.

그런데, 최근에 내가 걸렸던 병의 이름이 따로 있다는 것을 알게 되었다. SAD. Seasonal Affective Disorder, 계절성 정서 장애. 겨울 우울증이라고도 불린다. 겨울에 주로 걸리는 일종의 정신 질환으로, 그 증상이 내가 앓았던 것과 정확히 일치했다. 북해의 영향을 받아 사무치는 바람이 불었던 베를린의 7월을, 내 마음은 겨울로 인식했던 것이다. 그러자 몸도 7월의 베를린을 겨울로 느꼈다.

'여름에 웬 겨울 우울증?'이라며 의아하시겠지만, 베를린은 그런 곳이다. 그렇다…. 7월의 베를린은 추웠다. 처음에는 그렇지 않았다. 도착했을 때만 해도 발에 땀이 날 정도로 더웠다. 나를 맞이해준 어딴가의 관계자는 '베를린에서는 아주 드물다는 여름다운 여름'에 베를린에 온 내가 행운아라는 따뜻한 인사말을 해주었을 정도였으니. 그런데, 며칠 만에 날씨가 확 뒤집혔다. '혹한'이 찾아왔던 것이다.

영하의 기온은 아니었다. 다만, 여름의 기온이라고 생각할 수 없는 날씨였다. 기온이 최소한 10도 이상은 떨어졌을 거라고 생각한다. 나 같은 여행자는 어떻게 할 도리가 없었다. 나는 7월부터 9월까지 석 달을 보낼 예정이었으므로 겨울옷을 가져올 생각은 하지 못했다. 두꺼운 옷이라고 생각해 챙긴 게 초가을에 입을 만한 면스웨터와 폭이 넓은 양모스카프였다. 심지어 양말을 가방에 넣을 생각조차 하지 못했던 것이다.

당장 스타킹과 양말을 사러 갔다. 스타킹을 신은 후 양말을 겹쳐 신고 그 위에 청바지를 입었다. 며칠이 지났지만 날씨는 다시 따뜻해질 기미가 없었다. 겨울옷을 사야 했다. 겨울옷이 절실히 사고 싶었다. 울스웨터 정도가 아니라 더플코트나 패딩 같은 외투가 말이다. 그런데 베를린의 어디를 뒤져도 그런 겨울옷은 없었다. 그때 베를린은 7월이었으니까.

하지만 아무것도 사지 않고 버틸 수는 없었다. 생각다 못해 간 곳은 '유니클로'였다. 한국에는 동네마다 있는 유니클로가 2016년의 베를린에는 몇 개 없었다. 하여튼 거기에서 나는 가장 두꺼운 옷을 샀다. 패딩조끼였다. 스타킹을 신고, 양말을 신고, 바지를 입고, 패딩조끼를 입고, 재킷을 입으니 좀 나았다. 하지만 여전히 추웠다. 코트를 입고 다니는 사람들이 당시의 나는 제일 부러웠다.

늘 추웠다. 그래서였을까. 계속해서 국물이 먹고 싶었다. 아니, 그보다 내 몸이 국물을 원했다는 게 적확한 표현일 거다. 한인 슈퍼에 가서 오뚜기에서 나온 자른 미역을 샀다. 그린 빈스도 샀다. 집에는 전에 살던 사람이 놓고 간 장미쌀이 있었다. 장미쌀의 정체는 여전히 잘 모르겠는데, 봉투에 독일어로 '장미쌀'이라고 쓰여 있었기 때문에 이렇게 부르기로 한다. 이 장미쌀과 미역을 넣고 죽을 끓이다 그린 빈스를 똑똑 잘라 넣었다. 이건 나 스스로를 위한 마음의 가드레일 같은 것이었다.

미역과 쌀만 있었다면 유동식 같은 느낌이 들었

을 테고 나는 더 우울해졌을지 모른다. 유동식은 환자가 먹는 것이니까. 그러나 그린 빈스를 넣은 미역죽은 식감도, 맛도, 심지어 보기에도 괜찮았다. 최소한 환자를 위한 음식이라고는 보이지 않았다. 몸에 이로운 음식만 먹는 걸로 유명한 오키나와 노인들의 식사 같아서 조금은 우울했지만.

그러다 남이 해준 음식이 먹고 싶은 단계로 진입했다. 음식을 하기에 나는 너무 무기력했다. 무기력한 와중에도 어떤 음식을 먹고 싶다는 욕망이 있었으니… 탄수화물이나 단백질 위주의 독일 음식이 아닌, 야채가 듬뿍 든, 따뜻하고 평화로운 음식이 먹고 싶었다. '따뜻하고 평화로운 음식이 먹고 싶다.'라고 혼잣말을 한다고 해도 이상하지 않을 정도로 당시의 나는 간절했다.

그런데 그게 뭘까? 뭐지? 한참을 생각하다 결론을 내렸다. 그린 카레였다. 페이스트도 그린, 재료도 그린, 풍성한 야채와 향신료로 이루어진 그린 카레가 당시 내가 스스로에게 내린 처방전이었다. 신기한 일이다. 왜냐하면, 나는 그때까지만 해도 그린 카레를 몇 번 먹어보지 못했던 상태였다. 딱히 '정말 맛있는 그린 카레였어.'라고 느낄 정도로 맛있는 그린 카레를 먹어본 것도 아니었다. 그런데 '그-린-카-레', 이 네 글자가 머릿속을 떠나지 않았다.

나는 스티글리츠역 근처에 있는 '미스터 하이 라이프'라는 식당으로 갔다. '하이(Hai)'라는 성을 가진 베트남 사람이 운영하는 꽤 규모가 있고 세련된 베트남 식당이었다. 어찌 된 일인지 모르겠지만 베를린에 세련된 태국 식당은 많아도 세련된 베트남 식당은 잘 없다. 세련된 식당답게 미스터 하이 라이프에서 일하는 직원들은 미남 미녀였다. 그래서 뭔가 스스로에 대한 자부심이 느껴졌고, 가까스로 환자식을 면한 음식으로 몸을 데우다 밖으로 나온 나는 햇볕을 쪼이는 기분이 들었다.

그린 빈스, 가지, 양파, 주키니 호박, 피망, 양송이, 영콘이 넘치도록 들어간 그린 카레를 받아들고 입을 다물지 못했다. 먹어보지 않아도 이 야채들이 얼마나 아삭거릴지 한눈에 알 수 있었다. 나는 라타투이 같은 일부러 야채를 뭉근하게 해서 먹는 음식이 아니고서야 오래 익힌 야채는 정말이지 끔찍한데, 적절하게 익힌 야채에서는 천상의 맛이 난다고 믿는다. 내가 생각하기에 야채를 '적절'하게 익혔다는 것은 20% 정도 덜 익힌 거다. 30% 정도 덜 익었을 때 화구의 불을 꺼야 한다고 생각한다. 그릇에 담는 동안과 식탁으로 옮겨져 입에 들어가기까지 계속 야채는 익어가기 때문이다. 미스터 하이 라이프의 요리사는 나와 야채의 익힘 정도에 대한 견해가 비슷한 것으로 보였다.

언제부턴가 내게 그린 카레는 집에서 간편하게 할 수 있는 음식이 되었다. 일단, 그린 카레 페이스트와 코코넛 밀크만 있으면 된다. 나는 향신료에 환장하는 사람이므로 레몬그라스, 태국 생강이라고 할 수 있는 갈랑갈, 카피르 라임잎도 넣는다. 뿌리가 달린 고수가 있을 때는 고수 뿌리도 같이 넣고 끓인다. 야채를 푹 익히지 않아야 하니 아주 단시간에 끓여야 한다. 간은 설탕과 피시 소스, 라임(이나 레몬)으로 맞춘다. 자신이 원하는 맛이 될 때까지 이것저것 넣으면 된다.

야채는 무엇을 넣어도 되지만 내가 생각하기에
그린 카레 최고의 재료는 가지다. 아주 적절하게 익
은 가지를 베어 물 때의 감흥이란 표현하기 어렵다
는 것을 나는 미스터 하이 라이프의 그린 카레로부
터 배웠다.

시소 김밥

'일반적인' 김밥을 좋아하지 않는 편이다. 우엉과 시금치, 당근, 단무지, 햄과 게맛살, 달걀부침이 들어가고, 밥에 설탕과 식초와 소금과 참기름이 섞이고, 김 위에는 깨를 뿌리는 그 김밥 말이다. 내가 생각하기에 이런 김밥에는 뭐가 너무 많다. 딱히 미니멀리즘을 추구하는 사람은 아니지만 김밥은 간단하면 간단할수록 좋다고 생각한다.

비빔밥도 그렇다. 도라지, 시금치, 호박, 당근, 오이, 표고버섯 등등의 재료를 넣고 고추장으로 비비는 '일반적인' 비빔밥을 맛있게 먹은 적이 거의 없다. 내게는 너무 복잡한 것이다. 그렇다고 비빔밥을 좋아하지 않는 것은 아니다. 단지 뭐가 너무 많은 게 버거울 뿐.

나물 고유의 맛이 얼마나 좋은데 고추장으로 비벼 모두를 '고추장 나물'로 만들까 하는 의구심이 들기도 한다. 나물을 좋아하는 사람으로서 모든 나물을 천편일률적으로 '고추장화' 시키는 게 안타깝다.

고추장으로 비벼진 도라지보다는, 깨끗하게 볶은 도라지가 좋고 맨밥에 비벼 먹는 고추장이 좋다. 쪽 짜서 고추장에 무친 오이지와 들기름에 찬밥을 비벼 먹는 것이 좋다. 궁중 비빔밥을 만들겠다는 작정을 하고 만든 정갈한 나물 모둠이 아닌, 냉장고에 남아 있는 나물 몇 가지 — 호박이나 노각, 가지 정도? — 를 넣고 슴슴하게 비빈 비빔밥도 좋다. 나는 이렇게 미니멀한 비빔밥을 좋아한다.

김밥도 마찬가지다. 내가 좋아하지 않는 것은 '일반적인' 김밥일 뿐이다. 미니멀한 김밥은 좋아한다. 내가 어쩌면 세상에서 가장 좋아한다고도 할 수 있을 음식인 밥과 두세 번째로 좋아한다고 할 수 있을 김으로 만들었는데… 좋아하지 않을 수 없다.

처음 좋아했던 김밥은 충무김밥이었다. 흰색과 검정, 그리고 짙은 빨강으로만 이루어진 색의 대비가 단박에 나를 사로잡았다. 김 안에 거의 밥만 있다는 게 좋았다. 김과 밥의 어울림을 온전히 느낄 수 있었으니까. 심지어 밥이 식으며 생긴 습기가 김에 만들었을 약간의 눅눅함도 맛의 일부로 받아들여졌다. 오징어 무침과 무 절임에서는 매운맛과 단맛, 신맛에 더해 감칠맛까지 느낄 수 있었다. 일반적인 석박지보다 수분을 많이 제거했기에 가능했을 그 감촉, 오도독거리는 식감이 그 복합적인 맛들을 강화 시켰다. 매일같이 먹을 수도 있을 것 같았다. 파는 곳이 별로 없어서 더 그런 생각이 들었는지 모르겠지만.

두 번째로 좋아했던 김밥은 무순 김밥이었다. 충무김밥처럼 손가락 크기로 만든 김밥이다. 다른 게 있다면 밥 사이에 무순을 잔뜩 넣었다는 점이다. 당근과 단무지도 있었지만 무순의 압도적인 존재감 에 가려 그것들이 거기 있다고 생각되지 않았다. 함 께 주는 고추냉이 소스를 찍으면 무순 김밥이 완성 되었다. 이 무순 김밥은 분당 수내동의 백화점 지하 김밥 코너에서만 샀다. 다른 데서는 파는 것을 보지 못했기 때문이다. 무순 김밥을 사러 일부러 백화점에 가기도 했었는데, 어느 날 그 김밥 코너가 사라져버 렸다. 무순 김밥을 먹을 일도 함께 사라지고 말았다.

요즘에 좋아하는 김밥도 뭐가 별로 들어가지 않 은 김밥이다. 달걀말이와 오이, 우메보시, 그리고 시 소잎, 이렇게 네 가지가 들어간다. 어디서 파는지는 알 수 없다. 밖에서 먹어본 적이 없기 때문이다. 어느 날, 시소잎 처리에 골몰하다 불현듯 떠올랐다.

'시소 김밥을 싸보자!'

나는 시소잎을 좋아하고, 우리 집에는 늘 시소 잎이 있다. 그러므로 시소잎을 이용한 이런저런 음식들을 만들어 먹는다. 주로 샐러드나 연어나 문어와 먹곤 하는데 그날따라 어쩐지 김밥과 잘 어울릴 것 같다는 생각이 들었고, 나는 그길로 시소 김밥을 싸기 시작했다.

이럴 때의 나는 지체하지 않는다. 생각이 날아갈까 급히 메모장을 찾는 것처럼 냉장고를 급박하게 열어 내가 필요로 하는 재료들을 정렬시킨다. 그러고는 머리에 잠시 떠오른 생각이 날아가기 전에 손을 움직인다. 마치 화학자가 된 기분이다. 비커나 샬레를 쓰지 않을뿐더러 원소기호도 모르는 내가 말이다. 종종 스스로 기이하게 느껴질 때가 있다. 무슨 인류의 운명을 바꿀 발견도 아니고… 이게 뭐라고 이렇게나 조속히 처리해야 할 일인지….

제일 먼저 달걀말이를 했다. 이렇게 간단한 김밥이라면 아주 두툼한 달걀말이가 들어가야 한다는 생각이 들었고, 이 두툼한 달걀말이에게 식을 시간을 충분히 줘야 했기 때문이다. 욕심을 내지 않는다면 달걀 네 개로도 족했지만… 나는 다섯 개를 썼다. 얄팍한 김밥 네 줄을 싸면서 말이다. 우메보시와 오이까지 손질하고 나서 시소잎을 준비했다. 연약한 시소잎은 특히나 물기에 취약하므로 키친타월로 물기를 완벽하게 제거해줘야 한다.

시소 김밥에서 우메보시가 최선은 아니다. 쌀겨(미강)로 누룩에 절인 풍미 좋은 단무지나 이부리갓코 같은 단무지 훈연 절임을 넣으면 최고라는 것을, 나는 이어지는 보강 실험에서 발견했다. 하지만 늘 그런 게 집에 있을 리 없으니 우메보시를 넣는다.

그러나 이 김밥의 주인공은 시소잎임을 잊지 말아야 한다. 그러므로 우메보시를 절제해야 한다. 넣은 듯 넣지 않은 듯 맛이(그리고 색이) 살짝 비쳐야 이 김밥은 균형이 맞는다. 부족한 듯한 우메보시의 자리를 우메보시와 궁합이 맞는 시소잎이 채우는 것이 이 단순한 김밥의 핵심이라는 걸, 몇 번의 실험 끝에 깨달았다.

문학적인, 너무나도 문학적인
아스파라거스

대니얼 클로즈가 쓰고 그린 그래픽 노블『아이스 헤이번』에서 재미있는 장면을 보았다. 소변을 보고 있는 아내 곁에서 화장실 거울을 들여다보던 남편이 묻는다. "외출했었어?" "아니." 아내의 부정을 짐작했던 남편의 의심이 좀 더 뚜렷해지는 순간이다. 남편은 아내의 오줌 냄새에서 아스파라거스 냄새를 맡았던 것이다. 그들이 먹은 식단에는 아스파라거스가 없었고, 그러니 남편은 외출한 아내가 아스파라거스를 먹었을 것이라고 짐작하는데, 아내가 외출하지 않았다고 하니 남편의 의심이 더 확고해지는 것이다.

이 장면을 보고 이런저런 생각이 들었다. 저들의 가정에서는 아스파라거스를 잘 먹지 않는 모양이라는 것, 아스파라거스는 일종의 데이트 음식이라는 것, 또 어쩌면 저들도 과거에 아스파라거스를 먹으며 데이트를 했을 수도 있었겠다는 것.

아스파라거스를 어떻게 드시는지? 아스파라거스의 껍질을 꼭 벗겨야 한다는 것을 마르셀 프루스트의 소설을 읽다가 알게 되었다. 껍질을 벗길 필요가 없다면, 『잃어버린 시간을 찾아서』의 그 임신한 하녀가 몸에 무리를 느끼면서까지 아스파라거스 껍질을 벗길 일이 없었을 것이다. 이 소설에는 이것 말고도 아스파라거스에 대한 이야기가 가득하다. 연두에 분홍이 섞인 아스파라거스의 오묘한 생김새에 대해서라든가, 아스파라거스를 먹은 날 주인공 마르셀이 오줌을 누면서 자기 오줌 냄새에 도취된다든가 하는 등등.

소설가 H로부터 이 아스파라거스에 대해 재미있는 이야기를 들은 적이 있다. 그의 고등학교 시절, 같은 학교에 다니던 문학평론가 김현이 교지에 실은 글에서 아스파라거스를 찬미했다는 것이다. 그들의 나이를 헤아려보면 1960년대 초반의 일일 것이다. 그는 김현이 어릴 때는 그런 겉멋을 부렸다고 말하며 웃었다. 나도 같이 웃긴 했는데, 그 웃음은 나를 위한 거였다. 어린 시절의 나는 동화책에서 본 기이한 외래어들, 주로 음식이나 과일 이름인 그것들을 마음에 품었다. 그리고 기회만 있으면 그 단어를 쓰려고 애를 썼다. 생김새도 맛도 모르는 그것들을 그렇게라도 발음하거나 문장으로 만들면 조금이라도 소유할 수 있을 거라고 생각했던 것이다. 그렇게 '겉멋'으로 점철된 시간을 보냈다.

『잃어버린 시간을 찾아서』를 읽다가 김현의 아스파라거스에 대한 열망을 더욱 이해할 수 있었다. 마르셀 프루스트는 거의 기벽이라고도 해도 이상하지 않을 정도로 아스파라거스에 집착하며 공들여 아스파라거스 이야기를 하고 있기 때문이다. 나는 대학에서 불문학을 전공하게 될 고등학생 김현이 마르셀 프루스트를 읽었다고 생각한다. 전쟁으로 많은 것들이 파괴되고, 있는 것들도 온전하지 못했을 1960년대 한국에서 마르셀 프루스트를 읽는 그에 대해서, 자부심과 열등감으로 뒤섞였을 그의 독서 체험에 대해서, 그가 읽었을 아스파라거스에 대해서 종종 생각한다. 그래서 나는 아스파라거스를 살 때도, 하나씩 들고 양배추 필러로 아스파라거스 껍질을 벗길 때도, 소설의 '나'와 그 집의 하녀와 마르셀 프루스트와 또 김현에 대해서 생각하게 되는 것이다.

내가 생각하기에 아스파라거스는 아보카도와 비슷한 면이 있다. 그 자체로 완전무결해서 가미를 하거나 조리를 과하게 하면 맛을 제대로 음미하기 힘들다. 이를테면 양파나 감자를 잘게 썰어 스튜처럼 한데 끓여내는 음식의 재료로는 어울리지 않는다. 끓는 물에 살짝 데치거나 버터를 넣고 살짝 익히거나 하는 것으로 충분하다. 신경 쓴 식당에 가면 트러플이나 그라나 파다노 치즈 같은 식자재를 얇게 슬라이스해서 올려주기도 하는데, 나는 그럴 필요가 없다고 생각한다. 아스파라거스 본연의 맛만으로도 충족감을 느끼기 때문이다. 자기완결적인 음식이랄까. 아스파라거스는 고독하게 충만하다.

그렇다고 해도 아스파라거스를 메인으로 먹을 수는 없다. 만약 아보카도 한 개를 다 먹는다면 고요한 포만감에 휩싸일 수 있지만, 아스파라거스만으로는 도무지 배를 채울 수 없다. 나는 주로 스테이크감으로 산 농어를 구워 먹을 때나 퀴노아나 쿠스쿠스 샐러드와 함께 아스파라거스를 먹는다. 시각적으로는 물론이고 먹을 때의 만족도도 높은 수란을 올린 아스파라거스도 좋지만, 이걸 집에서 만드는 것은 사양하고 싶다. 왜냐하면 물을 휘저어야 한다든가 하는, 수란을 만들 때 주의를 기울여야 하는 집중의 시간이 식욕을 감퇴시키기 때문이다. 또 냄비에

흩어진 달걀 잔해를 내버려두고 온전한 수란만을 건져내는 것도 마음이 썩 좋지 않다.

나는 아스파라거스를 소탈하게 대하는 게 좋다. 무쇠팬을 2분쯤 달구다 물을 조금 넣으면 곧바로 바글거리는데, 여기에 아스파라거스를 넣어 뒤적거리는 식으로 조리해준다. 증기가 아닌 버터를 묻히고 싶은 날이면 물 대신 버터를 넣고 역시 뒤적거려주면 된다. 소금도 톡톡. 물 혹은 버터를 온전히 수용한 아스파라거스를 씹으며, 초록의 순연함을 느낀다.

그리스식 골뱅이

'인 더 무드' 이후로도 줄곧 골뱅이 무침을 만들어왔다. 아마도 내가 제일 많이 한 음식이 골뱅이 무침이 아닐까 싶을 정도다.

다년간 골뱅이 무침을 만들어오면서 얻은 교훈이 있다. 흥건한 골뱅이 무침은 안 된다는 것. 물기를 다룰 줄 알아야 한다. 그렇다면 어떻게? 적을 넘어서려면 적을 알아야 하는 법. 골뱅이 무침의 물기가 적까지는 아니겠지만… 물기를 잡으려면 물기를 이해해야 한다. 나는 세상사의 진실을 내 좁은 주방에서 깨닫곤 한다. 깨달음이 잠깐 스쳐 지나간다는 게 문제지만, 한순간이라도 나를 찾아와주는 게 또 어디냐고 생각한다.

그렇다면, 골뱅이 무침에서 '물기'는 어디에서 오는가? 일단 오이의 수분이 넘치는 육질에서 온다. 또 식초, 간장, 매실액 같은 액체로 된 양념들에서 온다. 이걸 깨닫고 나서부터 뽀송뽀송한 골뱅이 무침을 만들 수 있게 되었다.

나는 원인이 되는 요소를 없애거나 최소화하려고 했다. 일단, 오이의 씨 부분을 제거했다. 다음에는 양념의 물기를 최소화하는 단계에 진입했다. 양념장을 미리 만들어두는 것도 도움이 되었다. 고춧가루에 간장과 설탕, 식초 등을 미리 섞어놓으면 고춧가루가 수분을 흡수하는 것이다. 다음에는 농축된 양념을 쓰는 단계에 이르렀다. 2배 식초를 넣어 식초의 양을 절반으로 줄일 수 있었고, 염도가 진한 피시 소스를 넣어 간장의 양도 줄였다. 이렇게 골뱅이를 무치면 물기가 거의 생기지 않는다. 하도 물기가 없어 소면을 삶아 비벼 먹으려면 아쉬울 정도다.

골뱅이에 관해서는 더 배울 게 없다고 내심 생각했는데, 최근에 획기적인 방법을 얻었다. 연희동에 있는 한 바(bar)의 주인에게 배운 것이다.

't'로 시작하는 다소 도발적인 이름의 그 바에 처음 간 것은 작년 3월이었다. 그곳의 단골인 K가 데려갔다. 그날 나는 바에 앉아 맥켈란을 두 잔인가 마셨다. 바 뒤로 그녀가 여행지에서 데려왔다는 귀엽고 신기한 물건들이 잔뜩 보였다. 북유럽의 트롤 인형이라든가 모로코의 타진 냄비 같은 게.

다음에는 나 혼자 갔다. 폭우가 내리는 날이었다. 문이 잠겨 있어서 그냥 돌아갈까 하다가 비를 피하며 사장님을 기다렸다. 사장님은 동네 친구를 불렀다며 같이 한잔하라고 했다. 잠시 고민하다 그러기로 했다. 언제부턴가 나는 '충동적'까지는 아니어도 내가 할 법하지 않은 일들을 피하지 않는 사람이 되었기 때문이다. 뭔가를 듣거나, 보거나, 느끼거나 할 거라는 기대감을 막연히 품으면서.

아니나 다를까. 그날 새로운 골뱅이 무침을 만났다. 사장님의 동네 친구분도 재밌었고, 어쩌다 합류한 그 바의 단골이라는 터키 남자도 재밌었지만 골뱅이 무침에 대한 감흥이 더 컸다. 무려 올리브 오일을 뿌린 골뱅이 무침이었다. 방울토마토와 양파를 넣고 레몬즙을 화사하게 뿌린!

눈이 번쩍 떠지는 기분이었다. 골뱅이와 올리브는 밥과 김만큼이나 잘 어울렸던 것이다. 골뱅이도 좋아하고 올리브 오일도 좋아하면서 왜 이런 생각을 못했나 싶었다. 집으로 돌아가면 당장 만들어봐야겠다고 생각했지만…

다섯 달 후에야 만들었다. 냉장고에 있는 야채들을 꺼내는 것으로 시작했다. 일단 로메인과 라디치오를 접시에 깔았다. 그 위에 얇게 슬라이스한 보라 양파와 어슷썬 셀러리와 저민 방울토마토와 케이퍼를 올렸다. 그 위에 골뱅이를 올리고 딜을 뿌렸다. 아직 끝이 아니었다. 드레싱을 해야 하니까. 소금을 조금 뿌리고, 올리브 오일을 한 바퀴 둘러준 후, 레몬 반 개를 꾹 짰다. 접시 위에서.

실패는 아니었지만 뭐가 너무 많았다. 색과 맛이 뒤섞여 골뱅이가 잘 보이지 않았다. 올리브 오일의 맛도 잘 느껴지지 않았다. 야채를 너무 많이 넣었던 것이다. 언제나 욕심이 문제다. 그날따라 냉장고에 남은 야채가 많았다는 것도 문제였다. 야채가 그리 많았던 것도, 그걸 다 넣었던 것도, 모두 욕심이었다. 그날 잘한 게 있다면, 소금에 대한 부분이다. 소금은 아주 약간만 뿌렸다는 것.

그래도 이 골뱅이 무침이라고 해야 할지 골뱅이 샐러드라고 해야 할지 모르겠는 음식에서 초록초록한 야채의 기운을 흠뻑 느낄 수 있었다. 난 이 음식에 이름을 붙여주고 싶었다. 고심 끝에 '그리스식 골뱅이 무침'으로 명명했다.

그런데… 실제로 그리스에서 골뱅이를 식재료

로 사용하는지 모르겠다. 그리스산 올리브 오일을 종종 살 뿐이다. '종종'이라고 말하는 것은, 늘 고민하기 때문이다. 이탈리아산과 스페인산과 그리스산 사이에서. 어디에서 난 올리브 오일에 어떤 특성이 있는지 모른다. 그저, 색이 노랑보다는 초록에 가깝고, 목에서 넘어갈 때 매캐한 느낌이 나는 올리브 오일을 원한다.

그리스에 대한 이 말을 기억한다. '빛으로 만든 신전'. 한때 좋아했던 소설가 존 파울즈의 표현으로 알고 있다. 어쩌면 내가 문제의 골뱅이 무침에 '그리스식'이라는 수식어를 붙인 것은 이 구절 때문인지도 모르겠다. 어쨌거나 '그리스식'이라는 형용사가 딱이라는 느낌이 들었다. '이탈리아식 골뱅이'나 '스페인식 골뱅이'는 어딘가 어색하지 않나요? '이탈리아식 아티초크'나 '스페인식 달팽이'라면 몰라도.

작곡가와 타르타르

2016년에 잠시 파리에 간 적이 있었다. 당시 나는 베를린에 머물고 있었는데, 미술 하는 친구 K가 파리에 있었다. 페이스북 메시지를 주고받다가 K가 베를린에 와서 우리 집에 며칠 묵고, 내가 파리에 가서 K의 집에 며칠 묵기로 순식간에 정해버렸다. K는 파리에서 하는 전시 일정으로 바빴기 때문에 나는 나대로 돌아다녔다. 그러다 시간이 맞으면 저녁이나 점심에 만나 식사를 하기도 했다. 한번은 K가 함께 일하는 작곡가와 만난 적이 있었다.

팔레 드 도쿄 근처의 브라세리에서였다. 빨간색 타탄체크 무늬 식탁보가 깔린 코지(cozy)한 분위기의 식당이었다. 우리는 런치 메뉴 중에서 하나씩 골랐다. 내가 골랐던 것은 14유로짜리 스테이크 타르타르. 음식이 나오기 전까지 내가 시킨 메뉴가 정확히 어떤 것인지 몰랐다. '타르타르 소스와 같이 나오나 보다.' 정도로 짐작했다. 마요네즈가 들어가는 타르타르 소스를 딱히 좋아하진 않지만, 소스를 걷어내면 된다고 생각했다.

음식이 나왔는데… 세상에, 육회였다. 벌건 색의 다진 쇠고기가 덩어리져 있었다. 프랑스 음식답지 않게 양도 꽤나 많았고. 난 좀 공포를 느꼈다. 부연 설명을 하자면, 그때는 8월이었고 파리는 40도를 오르락내리락하는 중이었다.

그때까지 나는 육회를 좋아해본 적이 없었다. 먹을 일이 생기면 의욕 없이 젓가락질을 했다. 얇게 채썬 배로 육회를 휘감든지 아니면 잣에 의지하든지 해서 몇 점 집어 먹고 말았다. 날고기라는 관념도 관념이지만, 뭔가 끈적끈적하면서 물컹한 식감이 나와는 맞지 않는 것 같았다. 헤모글로빈 덩어리가 입안에서 감도는 느낌을 굳이 이겨내고 싶지 않았다.

스테이크 타르타르를 앞에 놓고 보니 이런 음식을 스테이크 타르타르라고 한다는 걸 어디서 읽은 기억이 났다. 타타르족들이 먹던 음식이라는 의미로 스테이크 타르타르가 되었다고 했던가…. 하지만 그런 기억들은 머리에 그렇게 오래 남아 있지 않는다. 이렇게 대면하지 않고서야 사라지고 마는 것이다.

K와 작곡가는 나를 좀 안타깝게 보는 것 같았다. 나는 울상을 지었던가? 기억나지 않는다. 아무렇지 않은 척했던 것도 같고 난감한 표정을 지었던

것도 같다. 40도가 넘는 날씨에 (프랑스식) 육회라니…. 새로운 메뉴를 시킬까 하다 좀 먹어보기로 했다. 아무리 괴이하더라도 베를린에서 먹은 '소간(을 다져서 경단으로 만든) 수프'만 할까 싶었다. 떨리는 마음으로 날고기를 입으로 가져갔다. 그러고는 천천히 씹으며 상대를 조심스레 탐색했다. 그런데… 생각보다 괜찮았다. 내가 아는 육회와 다른 맛이었고 질감이었다.

어느 순간 나는 그걸 즐기고 있었다. 맛의 요소가 하나하나씩 느껴졌다. 민트와 쿠민의 조화가 기가 막혔고, 레몬의 산이 고기의 결을 조밀하게 바꿨음에 놀랐다. 그리고 고기의 결 사이로 다진 케이퍼의 맛과 샬롯의 새침함도 슬며시 드러났다. 이건 뭐랄까…. 내가 좋아할 수밖에 없는 음식이었다. 허브의 존재감이 가득한 음식이었기 때문이다. 날고기마저 이렇게 상큼할 수 있나 싶고.

우리는 서로의 음식을 소극적으로 나눠 먹기도 했는데, 어느 순간 타르타르 스테이크가 바닥났다. 아니, 타르타르 스테이크만 바닥났다. 그 두 사람도 타르타르 스테이크만 먹었던 것이다. 이건 마치 '넌 날고기를 먹고 있어.'라는 속삭임을 소거해버리는 음식이었다. 민트와 레몬 덕에 소고기의 형질이 바뀌어버린 느낌이 들었다. 모르긴 몰라도 분자구조도 바뀌었을 거라는 생각을 했다.

작곡가는 작곡에 문외한일뿐더러 음악에 대해서는 백치인 내게 작곡과 음악에 대해 설명해주었다. 냅킨에 오선지를 그린 다음에 별, 하트, 물음표 등을 이용해 조성이랄지 음계랄지를 설명하는데, 너무나 황홀한 시간이었다. 아무것도 몰라도 그 이야기의 아름다움을 느낄 수 있었기 때문이다. 와인을 너무 마셔서 감정 과잉이 되었을지도 모르겠는데, 화이트 와인을 마시면서 듣는 작곡가의 작곡 이야기는 가슴을 뻐근하게 했다. 40도가 넘는 폭염 속에서 잠을 설치고 역시나 40도가 넘는 한낮에 듣던 그 이야기는, 빨갛게 달아오른 우리의 팔다리와 타르타르와 함께 남아 있다.

그리고 2년 후, 이탈리아 토리노에서 다시 타르타르를 시도했다. 파리의 그 소박한 식당과 달리 꽤

고급 식당이어서 좀 과시적인 데가 있었다. 조명, 선곡, 테이블 배치, 테이블보, 직원들의 옷차림도 그러했지만 서빙의 기술이 남달랐다. 웨이터 두 명이 은색 트롤리를 몰고 왔던 것이다. 그러더니 트롤리에 있던 뚜껑을 덮은 은식기를 테이블에 올렸다. 기대감에 부풀어 뚜껑을 열었는데, 그냥 다진 고기가 있었다. 나는 이게 뭔가 싶었다.

그때 웨이터 한 명이 물었다. "직접 할래? 아님 내가 해줄까?" 이런 기회를 놓칠 수가 없어서 나는 '직접' 한다고 했다. 그런데, 순간 공기가 이상해졌다. 둘은 나를 기이하게 보는 것 같았다. 다른 테이블의 사람들도 그러지 않는 척하며 우리 테이블을 보고 있었다. 그때 깨달았다. 그렇게 물은 건 단지 의례적인 말이었구나. 나 역시 의례형 구문을 동원할 순간이구나. 미안하지만 해줄 수 있겠느냐고, 나는 다시 말했다. 이 말을 기다리던, 하지만 기다린 요청이라는 걸 딱히 내색하지 않으며 우아하게 고개를 끄덕인 그 남자는 다진 고기가 든 접시를 들어올렸다.

그러더니 다진 고기를 양푼에 우아하게 넣었다.

트롤리에 있던 몇 가지 것들도 재빠른 속도로 양푼에 넣고는, 양손에 서빙 스푼을 들고 그것들을 가볍게 섞었다. 남자는 손이라기보다는 스냅의 율동감을 이용해 그 일을 했다. 거의 퍼포먼스에 가까웠다. 남자는 웨이터라기보다는 타르타르 섞기 전용으로 고용된 전문적인 퍼포머 같았다. 하지만 미안하게도 맛은 파리의 노천식당보다 못했다.

그 이후로 나는 타르타르를 직접 만들고, 또 즐기게 됐다. 그 정도 타르타르라면 나도 얼마든지 만들 수 있겠다는 자신감이 붙었기 때문이다. 딜이나 민트만을 고수하지 않고 쪽파를 넣기도 하는 아량을 발휘할 정도가 됐다. 심지어, 한여름에도 타르타르를 즐기게 되었다. 허브와 레몬즙을 풍부하게 넣은 타르타르를 화이트 와인과 먹으면 감탄 말고는 할 수 있는 게 없다.

마니아가 된 이유

드나든 지 5년은 넘고 10년은 못 된 술집이 있다. 오래전부터 그곳의 명성을 들어왔다. (이하 '그곳'이라고 부르기로 한다.) 네일숍의 원장님으로부터였다.

단골이랑은 거리가 멀고, 어쩌다 가기 때문에 나는 원장님과 별로 할 말이 없다. 그래서 주로 '동네 맛집'에 대해 이야기하곤 했는데(나는 거의 듣는 쪽), 맛집이 워낙 없는 동네다 보니 이야기가 원활히 이어지지 않았다. 그러다 술집으로 화제가 건너갔는데, 원장님이 말했다. "저기 앞에 있잖아요. 저기가 그렇게 맛있대." 원장님은 네일숍에서 바로 맞은편에 보이는 술집을 가리켰다. "저기가요?" 나는 믿을 수 없었다. 좀처럼 신뢰할 수 없는 외양을 가졌기 때문이다. 원장님은 나의 '저기가요?'라는 반문에 담긴 속뜻과 같은 마음인지 웃었다. 그러고는 덧붙였다. "응. 마니아들이 엄청 많대."

'마니아들이 엄청 많대.'라는 간접화법을 쓴 것으로 보아 원장님도 그곳을 가보지 못했다는 것을 알 수 있었다. 그렇게 괜찮은데(괜찮다고 하는데) 가보지 않은 이유가 뭘까 싶지만 쉽게 짐작할 수 있었다. 일단, 자신의 영업장이 마주 보이는 술집에서 술을 마시는 건 나라도 싫을 것 같다. 둘째, 그곳은 쉽게 들어갈 수 없는 포스를 지녔다. 허클베리 핀의 오두막을 짓다 남은 자재로 지은 것 같은 모습이다. 그래서 '신뢰할 수 없는 외양'이라고 했던 것이다. 사실은, 더 큰 부담이 있다. 바로 그곳의 이름이다. 술을 마시고 '꽐라'가 되어가는 과정을 지칭하는 의태어가 술집의 상호다. 누구한테 이름을 말하기에는 민망할 정도다. 나는 이런 털털한 이름을 가진 술집에 가고 싶어지는 사람은 아닌 것이다.

나 역시 원장님처럼 오랫동안 그곳의 문을 열지 못했다. 입소식은 소설가 S에 의해 이루어졌다. 인권학자 C와 함께 셋이 만나기로 했는데, 바로 그곳으로 오라는 문자를 받았던 것이다. 그래서 궁금했지만 차마 내 손으로는 문을 열고 들어가지 못했던 그곳에 갈 수 있었다.

정말 작은 가게였다. 테이블은 네 개가 전부고, 사장님이 요리부터 서빙까지 도맡아 하는 1인 술집이었다. 손님이 원하면 사장님은 요리를 하다가 앞치마를 한 채로 나가서 카프리나 장수 막걸리를 사

오기도 했다. S에게 말했다. 이곳의 드높은 명성을 익히 들어왔으나 미처 와보지 못했다고.

그날 무엇을 먹었는지는 기억나지 않는다. 많은 것을 먹었고, 다 훌륭했다. 하지만 어느 것도 기본 안주를 뛰어넘지는 못했다. 무려 나물 5종 세트였다. 시금치, 콩나물, 오이 무침, 가지 볶음, 알타리 김치로 구성된. 나는 일단 콩나물에 탄복했다. 간이 싱겁지도 짜지도 않고 딱 좋았으며, 아삭거림이 넘쳤다. 내가 이를 수 없는 경지의 콩나물 무침이었다. 시금치는 뿌리의 분홍빛이 선명한 질 좋은 포항초였으며, 오이는 밭에서 갓 딴 것을 무친 듯 채즙이 넘쳤고, 가지 역시 베어 물 때마다 그 탄성에 노곤해질 정도였다. 작은 무만 골라 담근 데다 양념이 무청에 완강하게 흡착되어 있는 알타리 김치까지…. 나는 어디서도 이렇게 훌륭한 기본을 본 적이 없었다.

뿐만 아니다. 빈 나물 접시는 끊이지 않고 채워졌으며, 사장님은 계속 또 다른 나물을 만들어서 테이블 위로 가져오셨다. 끝나도 끝나지 않는 돌림노래 느낌이랄까. 또, 단골인지 옆 테이블의 남자들은 커다란 양푼을 받아 밥과 나물을 넣고 비비고 있었는데, "잠깐만, 잠깐만!" 하고 사장님이 달려와 들기름과 고추장을 양푼에 넣어주시는 것도 봤다. 아….
나는 그때 이 술집의 혼돈스럽고도 풍만한 마력에
몸을 담갔다. '담갔다.'라고 하는 건 그 이후에도 이
런저런 에피소드가 있기 때문이다.

　한번은 여기서 술을 마시고 있는데 택배가 왔
다. 사장님은 언제나처럼 바쁘셨다. 단골손님에게
가위를 주며 택배를 뜯으라고 했다. 그가 택배를 뜯
는 걸 손님들은 한마음 한뜻으로 보고 있었다. 나도
완전히 몸을 돌려 그 광경을 보았다. (이 집에서는 다
른 데서는 하지 않는 걸 하게 된다.) 귤이었다. 옥돔을 뒤
집어야 하는 타이밍이었던가? 주방에서 중요한 임
무를 수행하느라 나올 수 없던 사장님은 그 단골을
원격 조정했다. 사장님이 "접시, 접시!" 하면 그 단
골에게 접시를 가져가라는 말이라는 걸 모두가 알았
다. 접시에 귤을 담아 우리에게 나눠주라는 임무를
맡겼다는 것도.

　단골은 사람 수대로 귤을 챙겨서 테이블마다 놓
았다. 완성된 안주를 갖고 드디어 홀로 나온 사장님
은 귤을 보더니 혀를 찼다. "아니, 이게 뭐야." 하면

서 귤을 한 움큼씩 더 집어 테이블마다 돌렸다. 이게 바로 그곳의 풍만함이다. 또 한번은 테이블마다 사과와 과도 하나씩을 주면서 바빠서 못 깎아주니 알아서 깎아 먹으라고 하셨다. 이게 그곳의 재미다.

이러니 마니아가 많을 수밖에 없다. 언젠가는 마니아를 넘어선 강적을 봤다. 오십대 남자 다섯 명이 가게 앞에 돗자리를 펴고 앉아 술을 먹고 있었다. 마치 이 동네에 술을 마실 데라곤 여기밖에 없다는 것처럼. 안에는 자리가 없지만 다른 데는 가기 싫은 그 절절하고도 충심 어린 마음이 느껴져 숙연해졌다. 나는 그곳에 자리가 없을 경우의 대비책을 마련해놓곤 하는데, 그곳의 열성팬인 그들에게는 나처럼 타협 따위는 없는 것이다.

그렇다고 내가 마니아가 아니라고 할 수는 없다. 나는 그곳에 갈 때면 사장님이 시키라는 걸 시킨다. '싯가'라고 적혀 있어도 얼마냐고 묻지 않는다. 고분고분해지는 것이다. 절대 복종이다. 이런 내가 마니아가 아니라면 어느 누가 마니아일지.

방아와 깻잎과 장어와

장어를 좋아하지 않는 줄만 알았다. 그래서 초밥집에 가면 이렇게 말하곤 했다. "장어는 빼주세요." 한번 먹어보라며, 자신의 장어를 다루는 기술은 다르다며 권하는 분들의 말은 거절하지 못했다. 그러나 '남다른 방식'으로 쥔 장어도 내게는 별로였다. 그렇게 '나와 장어는 맞지 않는다.'고 생각하게 되었다.

왜일까 생각해본 적이 있다. 일단, 장어의 미끌거리는 식감을 좋아하지 않는다. 장어를 덮고 있는 달짝지근한 데리야키 소스도 좋아하지 않는다. 데리야키 소스는 간장을 최대한 미끌거리게 만드는 것으로 알고 있는데, 나는 장어에 데리야키 소스를 올리는 게 과연 최선인가라는 궁금증을 늘 품었다. 데리야키 소스가 장어의 미끌거림을 강화하는 것이다. 그 증폭된 미끌거림이 입술에 닿는 순간 나도 모르게 움찔하곤 했다.

그랬던 내가 장어를 먹게 된 순간이 있었다. 2년 전 겨울, 부산에서였다. Y와 돌발적으로 떠난 여행이었다. 부산에 강의를 하러 매주 가던 Y가 호텔 예약이 되어 있다며, 침대도 두 개라며 함께 부산에 가자고 했던 것이다. 우리는 서울에서 종종 만나는 사이였는데 부산에서 만나지 못할 이유가 뭐 있겠냐는 생각이 들었다. 그렇게 부산에 갔다.

거기서 H를 만났다. 그녀는 우리를 장어집으로 데려갔다. 처음 본 H에게 나는 장어가 부담스러운 음식이라는 말을 할 수 없었다. 장어를 못 먹을 건 또 없다고 생각했다. 좋아하지 않을 뿐이지 장어를 먹고 탈이 나거나 한 적은 없었으니까. 게다가 거긴 조개 구이도 있었고, 오이와 당근, 콘치즈도 있었다.

바다가 보이는 식당이었다. 바다가 보일 뿐만 아니라 파도치는 소리가 들릴 정도로 바다와 가까운 식당이었다. 심지어 바다가 가장 잘 보이는 자리로 예약한 H 덕분에 정면으로 바다를 볼 수 있었다. 그때 노란 장화를 신은 종업원이 양철 양동이를 가져다주었다. 양동이 밖으로 튀어나올 정도로 신선함이 넘치는 장어가 한가득 담겨 있었다. 바닷장어라고 했다.

바닷장어를 먹어보았느냐고 H가 물었다. 나는 처음이라고 했다. 사실이 그러했으니까. 내가 가끔 먹던, 먹을 수밖에 없었던, 딱히 좋아하지 않는 그

장어는 민물장어였다.

상추에 내가 이름을 모르는 풀들을 잔뜩 넣고 바닷장어를 얹어 싼 쌈을 H는 내게 내밀었다. 받아먹기가 힘들 정도로 컸다. 게다가 입을 벌려 쌈을 받아먹을 만한 사이도 아니었기 때문에 좀 곤혹스러웠다. 하지만, 난 용기를 내서 입을 벌렸다. H는 거대한 쌈을 내 입에 넣어주었다.

쌈이 입 밖으로 튀어나올 것 같았기 때문에 손으로 입을 막고 씹어야 했다. 씹는데, 처음 느껴보는 향이 났다. 아니스나 캐러웨이 씨앗에서 나는 맛과 비슷했다. 한국에서 나는 풀 중에 그런 게 있나 싶었다. 간신히 쌈을 삼키고 나서 이 풀의 정체가 뭔지 물었다. 방앗잎이라고 했다. 부산에서는 방앗잎을 먹는다고. 방앗잎! '방앗잎에서 이런 향이 나는구나.' 난 그때 방아를 처음 먹어봤다. 바닷장어와 함께.

온갖 허브를 좋아하는 사람으로서 방앗잎을 먹자마자 깊은 애정을 느꼈다. 나는 허브를 먹기 위해 요리를 한다고 해도 과언이 아닐 정도로 허브를 좋아하는 사람인 것이다. 파부터 시작해 샬롯과 펜넬과 양하 같은 향 나는 야채부터 딜, 고수, 이탤리언 파슬리, 처빌, 민트, 바질, 루콜라 같은 향 나는 온갖 풀을 좋아한다. 이것들이 없는 식탁은 상상하기 싫다. 하루에 한 번은 향 나는 야채를 먹어야 제대로 살고 있다는 느낌이 들 정도다.

그날, 나는 셀 수 없을 정도로 많은 장어를 먹었다. 어쩌면 그때까지 내가 먹은 장어보다 많은 양이었을 수도 있다. 방앗잎이 나를 장어에게로 이끌었던 것이다. 데리야키 소스를 바른 장어가 아니라 소금구이라는 것도 좋았지만, 방앗잎이 없었다면 그렇게까지 먹을 수 있었을까 싶다. 그날 이후로 나는 더 이상 '장어를 별로 좋아하지 않는다.'라고 말할 수 없는 사람이 되었다.

최근에는 꼼장어를 먹기 시작했다. 양념을 거의 하지 않고 소금만 약간 뿌려 숯불에 구운 꼼장어다. 참기름을 찍거나 깻잎에 싸서. 나는 이 꼼장어 구이를 먹다가 깻잎을 먹게 되었다. 정말 기이한 일이 아닐 수 없다. 온갖 허브들을 좋아하면서도 내가 도저히 친해질 수 없던 깻잎을, 먹다니 말이다. 깻잎 때문에 참치김밥도 꺼리는 내가 말이다. 그러지 않을 수 없었다. 이 꼼장어 숯불구이는 깻잎에 싸야 완성된다고 느꼈기 때문이었다. 이번에는 꼼장어가 깻잎에게로 나를 이끌었던 것이다.

장어를 먹게 되고 나서는 장어를 찬미하는 시도 각별하게 다가온다. 폭풍우 치는 칠레의 바다에 살고 있는 분홍빛 붕장어가 우리의 입맛을 돋울 준비를 마친 채 반짝거린다는… 그런 시다. 파블로 네루다가 쓴 「붕장어 수프를 기리는 노래」. 붕장어가 뭔가 싶어 찾아봤더니, 바로 내가 부산에서 먹었던 바닷장어였다. 바닷장어를 먹기 위해 부산에 갈 때가 되었다고 느끼고 있다. 방앗잎을 먹을 때가 되었다고도.

양파에 반한 이유

새삼스럽게도 양파에 반했다. 보라 양파를 썰다가였다. 나는 보라 양파를 볼 때마다 그 아름다움에 놀라고 만다. 콜리플라워의 뭐라 설명할 수 없는 오묘한 흰색과 라디치오의 불연속적인 주름에 반하는 것만큼이나 보라 양파에 반한다. 제주도의 이름 없는 작은 오름 같은 로마네스코와 보라색과 분홍색이 함께 있는 아스파라거스의 연두에 홀리는 것만큼이나 보라 양파에 반한다.

보라 양파를 얻지 못했더라면 이렇게 양파를 자주 먹지 않았을 것이다. 흰 양파는 한식을 자주 먹지 않는 나로서는 만질 일이 별로 없다. 흰 양파는 한식에, 보라 양파는 한식이 아닌 음식에 어울린다고 생각하고 있다. 흰 양파에게는 흰 양파의 영역이, 보라 양파에게는 보라 양파의 영역이 있는 것이다. 베를린에서, 양파를 볶아 짜파게티에 넣었다가 톡톡히 깨달았다. 그때 내가 샀던 양파는 한국에서 짜파게티를 먹을 때 볶아 넣던 그 양파와 완전히 다른 무엇이었다.

요즘 나의 주식은 한식보다는 이것저것이 섞인

한 그릇 음식이다. 이탈리아식도 아니고 모로코식도 아니고 일본식도 아니고 태국식도 아니지만 그렇다고 그것들의 특성을 찾아볼 수 없는 것은 아닌 음식들이다. 오징어 볶음을 하기보다는 오징어 내장 샐러드를 하고, 제육볶음이 아닌 돼지고기 스테이크를 하고, 조개탕을 끓이려다 조개 허브찜을 하는 게 요즘 내 패턴이기 때문이다. 이런 내가 하는 무국적, 이국종(異國種) 요리에 보라 양파가 기가 막히게 어울린다는 것을 깨달았다.

보라 양파는 흰 양파보다 덜 자극적이다. 냄새도 덜한 것 같고 더 단단해서 한식이 아닌 요리에 쓰기 좋다. 썰 때 눈물도 덜 난다. 친화력이 좋다고 해야 할까? 무엇보다 보라색이라는 게 보라 양파의 가장 큰 장점이다. 그런 투명하면서 황홀한 보라색은 보라 양파에만 있기 때문이다. 내가 주로 쓰는 초록 일색들로만 한 접시를 구성하기에는 눈이 심심한 것이다.

나는 보라 양파의 맛도 맛이지만 그에 앞서 그 색채가 초록들을 더 잘 보이게 해줘서 좋다. 보라 양파를 넣지 않았다면 그냥 초록 뭉치로 보였을 초록들을 '잎과 잎의 집합'으로 보이게 해준달까. 보라 양파의 영향력이다.

갑자기 궁금해졌다. 흰 양파와 보라 양파 말고 어느 색 양파가 있을지. 노란 양파나 분홍 양파가 있을지, 있다면 맛이 어떨지 말이다. 아주 없을 일은 아닌 게, 나는 어느 시인의 시를 읽다가 지구 어딘가에는 분홍색 멜론이 있다는 걸 알게 되었던 것이다.

흰 양파를 좋아한 적이 있다. 지나치리만치. 양파를 볶으며 나는 냄새에 심취했다. 그건 엄마가 카레를 한 솥 끓인다는 신호였다. 그럴 때마다 나는 한시도 가만히 있지 못하고 부엌을 들락거렸다. 양파를 맛봐야 했기 때문이다. 열에 의해 맛이 시시각각으로 변해가는 양파를. 살짝 기름을 머금은 생양파부터 익어서 부드러워지기 시작한 양파, 테두리가 갈색으로 변한 양파, 끓는 물 속에서 잠자리 날개처럼 반투명해진 양파까지, 양파의 전 생애를 말이다.

내가 한 최초의 요리도 양파 요리였다. 달군 프라이팬에 식용유를 두르고 반달썰기를 한 양파를 볶았다. 양파의 테두리가 반쯤 갈색으로 변했을 때 밥

숟가락에 진간장을 덜어 동심원을 그리며 뿌렸다. 이렇게 만든 양파 볶음을 밥에 올려 먹었다. 초등학교 저학년 때였다.

　만족감이 대단했다. 내 손으로 요리를 해서 내 입으로 넣을 수 있다는 게 감격스러웠다. 요리가 얼마나 감각적인 경험인지도 느꼈다. 양파 껍질과 수염 같은 양파 뿌리의 경계… 바스락거리는 갈색 껍질을 벗겨냈을 때 드러나는 양파의 단단한 알맹이… 초록이 번져 있는 양파의 흰 속… 칼날이 양파를 파고들 때 손의 감촉… 반으로 잘리는 순간 오뚝이처럼 바동거리던 양파 두 쪽… 나이테처럼 보이는 잘린 양파의 단면… 양파의 겹과 겹 사이를 감싸고 있는 얇고 투명하고 미끌거리는 막…. 양파를 썰 때는 꼭 눈물이 났고, 눈물을 소매로 닦으며 양파를 볶았다. 알싸한 냄새를 한껏 들이마시며.

　양파는 언제나 놀랍다. 양파를 썰었을 뿐인데, 양파를 볶았을 뿐인데, 시각과 후각과 촉각과 청각이 깨어난다. 보라 양파를 썰 때마다 처음 요리를 하던 그때의 나로 돌아가는 기분이 든다. 이제 눈물이 덜 나는 건 좋은 일일까 안 좋은 일일까도 생각하면서. '양파는 하나의 세계군.'이라고 다시 한번 감탄하면서.

주키니와 무말랭이

주키니를 사기 시작한 지는 얼마 되지 않는다. 주키니보다는 애호박을 좋아하고, 애호박으로 만드는 전을 좋아했다. 그러다 우연히 간 식당에서 반찬으로 나온 주키니를 맛있게 먹고 나서 다음 날 주키니를 사러 갔다. 아주 간단한 그 반찬을 만드는 것으로 주키니 요리를 시작했다. 주키니가 짧은 내 요리 인생에 들어온 순간이었다.

새송이 버섯과 주키니 호박을 반달 모양으로 썰어 기름에 살짝 볶은 것이었다. 새송이와 주키니가 5mm 정도 두께로 썰려 있었는데, 나는 그게 이 간단한 요리의 포인트라고 생각했기에 그대로 했다. 간은, 약간의 후추와 소금이 전부였다. 나는 약간 변형했다. 페퍼론치노 두 개를 뚝뚝 잘라 넣었고, 후추는 뿌리지 않았다. 호박과 버섯의 하얀 속살에 검은 점 같은 후춧가루를 떨어뜨리는 게 내 미감으로는 좋아 보이지 않기 때문이다. 이렇게 주키니 요리를 시작했다.

요즘에는 새우와 함께 주키니를 살짝 볶아 먹는 걸 좋아한다. 점심이라면 버터를 넣고, 저녁이라면 오일을 넣는다. 늘 그런 것은 아니지만 대개 그렇다. 버터를 넣지 않는 것은 '다이어트'의 문제라기보다는 '부담'의 문제다. 아침이나 점심에 버터를 먹을 때는 아주 유쾌하게 먹지만, 오후 5시 이후의 버터는 마음을 불편하게 한다. 하지만, 주키니와 새우에는 역시 오일보다는 버터다. 그래서 주키니 새우 요리는 저녁보다는 점심에 하게 된다.

이 요리에서 버터만큼이나 중요한 게 '무쇠팬'이다. 여러 사람의 무쇠팬 예찬을 들으면서도 전혀 흔들리지 않았는데 어느 날 백화점에 갔다가 무쇠팬을 들고 왔다. 역시나 그동안 조금씩 흔들리고 있었던 걸까? 인터넷의 오픈마켓이 몇만 원 싸겠지만 어쩔 수 없었다. 당장 그것을 내 주방으로 데려오고 싶었다. 무슨 일이 있어도 그날 무쇠팬에 무언가를 만들지 않으면 안 될 것 같았다.

놀랍게도 무쇠팬에 하면 훨씬 맛있는 요리들이 있었다. 불고기가 그랬고, 필레미뇽이 그랬고, 이 주키니 새우 볶음이 그랬다. 볶음 요리에서 흔히 생기기 마련인 수분이 고온으로 달궈진 무쇠팬에서는 이리저리 돌아다니지 않고 팬에 눌어붙는데, 그게 맛의 비결 같다. 거기에 생수(혹은 술)를 조금씩 살살 부어주면 무쇠팬은 엄청나게 맛있는 물질을 생성시킨다. 팬에 수분과 함께 농축되었던 맛 성분이 풀어지면서 음식에 박력 있게 달라붙고 마는 것이다. 나는 무쇠팬을 쓰면서 알았다. 무쇠팬은 재료에 맛을 '흡착'시켜주는 도구라는 걸.

버터와 무쇠팬만큼이나 중요한 게 주키니를 다루는 방식이다. 나는 이 요리를 하면서, 밑동을 자를 때 말고는 주키니에 칼을 대지 않는다. 양배추 필러로 길고 얇게 깎는다. 힘을 줘서 단번에 수직으로 그어야 한다. 그러지 않으면 너무 얇아지거나 중간에 끊어진다. 손목의 스냅을 써서 '툭 툭 툭 툭' 이런 느낌으로 밀어줘야 한다. 필러 끝에서 테두리가 초록색인 연두색 국수가 만들어지는 것을 볼 수 있다. 탈리아텔레 면보다 네다섯 배는 넓고 색도 이쁜 국수가. 내게는 파스타 면을 만드는 제면기는 없어도 주키니 면을 만들 수 있는 손목 제면기가 있는 셈이다.

그렇게 필러로 밀어놓은 주키니를 보면 엄청난 보람이 밀려온다. 시각적으로도 포만감이 대단하다.

초록이 섞인 옅은 연두들이 흐늘거리며 포개어 있는 것이다. 게다가 필러로 밀어놓으면 엄청난 단면적이 만들어진다. 생각해보시길. 하나의 주키니를 얇게 저미고, 그것들을 하나의 선으로 잇는다면 얼마나 길어질지.

여기에 버터와 새우와 소금까지 입혀지니 맛이 없을 수가 없다. 내가 늘려놓은 주키니의 단면적만 큼이나 맛의 면적도 확장된다. 딜을 뿌리기도 하고 루콜라를 올리기도 하는데 없어도 관계없다. '주키니×버터×새우'는 완전한 하나의 세계이므로. 이 세계를 견고하게 잇는 것은 길고 얇게 썬 주키니임은 말할 것도 없다.

제주에서도 '주키니스러운' 경험이 있었다. 전복죽을 먹으러 간 오조리 '해녀의 집'에서였다. 반찬으로 나온 무말랭이가 심상치 않았다. 처음에는 무말랭이인 줄도 몰랐다. 그곳의 무말랭이는, 우리가 알고 있는 뭉툭하고 뚱뚱한 모양을 하지 않았기 때문이다. 국수처럼 긴 무말랭이였다. 내가 주키니를 필러로 밀어서 길게 만든 것처럼 말이다. 또 국수처럼 얇았다. 짜장 면발 정도의 너비라고 해야 할까. 아마 무를 자를 때는 그보다는 육중했겠으나 제주 햇볕과 바람을 쏘이며 말리는 동안 아주 홀쭉해져 국수의 면발처럼 가늘어진 것이다.

이 국수형 무말랭이는, 양념도 내가 알던 무말랭이와 달랐다. 내가 좋아하는 무말랭이는 고춧잎과 고들빼기가 언뜻 씹히는 거다. 언젠가 먹어본 궁극의 무말랭이 무침(나의 모친께서 만드심)에는 여기에 더해 반건조 오징어가 들어 있었다. 무의 농축된 즙이 달라붙은, 오징어 다리의 빨판 부위를 빨아 먹는 재미가 각별했다. 그런데 오조리의 무말랭이에는 거의 아무것도 들어 있지 않았다. 오직 무와 양념만이 있었다. 고춧가루와 들기름과 소금과 간장, 약간의 식초가 들어간 것 같았다. 무생채 양념과 비슷했다.

그런데 이 날씬한 무말랭이는 오조리의 전복죽과 기가 막히는 상성을 이뤘던 것이다. 이 무말랭이 덕분에 나는 전복죽을 먹을 수 있었다. 전복죽집에 들어갔을 때만 해도 별로 식욕이 없었다. 전에 먹은 것들이 여전히 배에 있었다. 그런데 이 날씬한 무말랭이를 집어 먹는 순간 속에서 무언가가 바뀌었다.

나는 전복죽 한 그릇을 바닥까지 싹싹 긁고 있었다. 국수처럼 만든 무말랭이가 이 전복죽집을 대체할 수 없는 장소로 바꾼 순간이었다.

제주에 다시 간다면 어디보다도 먼저 이 해녀의 집에 갈 것이다. 전복죽도 전복죽이지만 국수처럼 얇고 긴, 이 특별한 무말랭이를 먹기 위해서임은 말할 것도 없다.

사과와 멧돼지

원주의 토지문화관에 들어가던 날의 일이다. 경비 아저씨는 물으셨다. 언제까지 있느냐고. 7월까지 있을 거라고 했다. "아, 그럼 옥수수는 먹을 수 있겠네요."라고 하셨다. 그러더니 덧붙이는 말씀. "작년에는 멧돼지가 나와서 쑥대밭을 만들어버리는 바람에… 작가 선생님들이 옥수수를 못 드셨어요. 포수들이 며칠 동안 계속 총을 쏴서 시끄럽기도 했고."

옥수수는 나의 관심사가 아니었다. 물론, 옥수수를 좋아하지만, 그래서 옥수수가 나올 때가 되면 마음이 분주해지지만, 그날의 대화에서 '옥수수'는 들리지 않았다. 대신 '포수'와 '멧돼지'로의 강력한 줌인. 포수라니…. 멧돼지라니…. 실생활에서 그런 단어를 넣어 대화를 하다니, 감격스러웠다. '감격스럽다.'라는 말이 이상하게 들릴 수도 있겠지만, 정말 나의 마음은 그랬다.

한때 내게는 새롭게 알게 된 단어를 어떻게든 문장에 넣어 대화를 시도해보는 습관이 있었다. 그 '어떻게든'이 문제였다. 그러면, 대화는 툭툭 끊기기 마련이고, 내가 상대방의 말에는 관심이 없는 사람처럼 보인다는 것을 알게 되었다. 그걸 알게 되기까지 꽤나 오래 걸렸다. 여덟아홉 살 때의 일이다. 까맣게 잊었었는데 아저씨와 이야기를 하다가 그때가 떠올랐다. 그때의 나였더라면 '멧돼지'와 '포수'를 어떻게든 입 밖으로 밀어내기 위해서 안간힘을 썼겠지만, 지금의 나는 그렇게까지 미성숙한 인간은 아닌 것이다.

보름쯤 지났을까. 멧돼지가 출몰했다. 지난밤에 멧돼지가 나타나서 옥수수밭을 훑고 지나갔다는 것이었다. 그래서 옥수수밭이 초토화되었다고. '초토화되었다고.'라고 말하는 것은 내 방에서 보이는 옥수수밭에는 아무런 문제가 없었기 때문이다. 내 방 창문에서는 온전한 옥수수밖에 보이지 않았다. 잠귀가 예민한 작가들은 멧돼지가 킁킁거리는 소리, 옥수수밭으로 돌진하는 소리 등등을 들었다고 하는데 나는 전혀 몰랐다. 건물 2층으로 올라가 보니 — 여기에는 옥수수밭 전망대 같은 공간이 있다. — 내 방의 '옥수수 뷰'와 달랐다. 멧돼지가 다녀갔다는 게 거짓이 아님을 알 수 있었다.

포수를 부른다고 했다. (관리자의 역할이다.) 마음

씨 착한 몇몇 작가들의 걱정이 시작됐다. '불쌍한 멧돼지'를 꼭 죽여야 하느냐고, 멧돼지가 우리를 해치려고 하는 것도 아닌데 왜 죽여야 하느냐, 동물을 죽일 권리를 누가 우리에게 부여해준 것이냐 등등이 그들의 논리였다. (작가적 심성이다.) 경비 아저씨는 며칠만 있으면 옥수수가 다 익는데, 1년 농사를 이렇게 망칠 수는 없다고, 그리고 멧돼지가 사람을 해칠 수도 있다고 했다. (관리자의 논리다.)

직접 설전이 벌어졌던 것은 아니다. 관리자의 말이 어찌어찌해서 우리에게 들려왔고, 또 우리 중 누군가의 의견은 또 어찌어찌해서 관리자에게로 건너갔던 것이다. 나는 이런 의사소통 방식이 흥미로웠다. 식당에 앉아 있으면 이런저런 이야기가 들려왔다. 나는 멧돼지의 출몰로 인해 드러난 이해관계(?)가 다른 두 집단의 움직임을 지켜보면서 '여태까지 이런 식으로 세상은 균형을 이뤄왔구나.'라는 생각을 했다.

정말 포수가 왔다. 관리자 중 한 명이 말했다. 멧돼지를 잡아야 하니 저녁 8시까지 방으로 들어가라고, 웬만하면 불도 켜지 말라고. 나는 그러고 싶지 않았다. 포수의 얼굴이 보고 싶었던 것이다. 2019년에 포수로 일하고 있는 사람이 궁금했다. '동화에서처럼 턱수염과 콧수염이 이어지고 코가 유난히 큰 인상이려나?' 싶기도 했고 '아니면 평범한 옆집 남자 같은 느낌이려나?' 싶기도 했다. 혹시나 이 직업도 외국인이 대체한 건 아닌지도 궁금했다. 하지만 확인할 수 없었다. 나는 아마도 제일 먼저 불을 껐기 때문일 것이다.

총은 발사되지 않았다. 멧돼지가 오지 않았던 것이다. 2층의 옥수수밭 전망대에서 포수는 밤새 서 있었다고 했다. 총으로 무장한 이 '옥수수밭의 파수꾼'은 우리가 들락날락거려서 실패한 거라며 돌아갔다고 들었다. 포수는 원주시청에 소속되어 있다고 했다. '2019년의 포수는 공무원'이라는 사실을 알게 되었다. 그러니 아마 외국인도 아닐 것이었다.

나는 이날이었는지 그 전날이었는지에 들은 한 이야기를 떠올렸다. 멧돼지가 사과 향기에 미친다는 것. 그래서 어떤 포수들은 멧돼지를 유인할 때 잘 익은 사과를 쓴다. 이 포수는 사과 향기 요법을 몰랐던 게 틀림없다. 아니면, 사과 향기 요법이 엉터리거나. 매일 아침으로 사과를 먹는 사람으로서 그 이야기에 혹하지 않을 수 없었다.

멧돼지는 냄새만으로 맛있는 사과인지 아닌지 알 수 있을 거라는 확신이 들었다. 그렇다면 '12브릭스'니 '13브릭스'니 하며 당도를 측정하는 걸 멧돼지에게 맡길 수 있을 텐데. 한 번 '킁' 하면 사과의 당도나 아삭거림 정도, 꿀이 박혀 있는지(과육의 투명하게 빛나는 작은 마름모꼴을 흔히 '꿀'이라 부른다.)의 여부 등도 알 수 있을 것 같고. 물론, 멧돼지와의 의사소통을 어떻게 할 것인지를 먼저 해결해야 하지만 말이다.

그러고 보니 이탈리아의 아시시에 갔을 때도 멧돼지 이야기를 한참 동안 했었다. 아시시가 속한 에밀리아 로마냐주의 특산품이 멧돼지였기 때문이다. '친기알레' 혹은 '치냘레'라고 부른다. 식당에 갈 때마다 '친기알레' 혹은 '치냘레'를 찾았지만 모든 식당에서 그것을 취급하는 건 아니었다. 대신 트러플이 있었다. 에밀리아 로마냐주에서 친기알레보다 더 유

명한 특산품은 트러플이다. 1유로짜리 조각 피자에
도 트러플이 범벅된 데가 에밀리아 로마냐였다.

　이 트러플을 친기알레의 미친 후각을 이용해 찾
는다는 이야기를 들었다. 그런데 막상 친기알레가
트러플을 발견하는 순간에는 농부가 삽으로 친기알
레 머리를 때리면서 몰아낸다고… 이쯤 되니, 멧돼
지가 사과와 트러플 중에서 어떤 냄새에 더 미칠지
궁금했다. 아니면 한국 멧돼지는 사과에 미치고, 이
탈리아 친기알레는 트러플에 미치는 건가?

　삽으로 머리를 때려 멧돼지를 몰아내는 기술을
한국에도 전수한다면 멧돼지를 죽이지 않고도 모두
평화로워지는 건가 싶지만… 그럴 리가.

연두가 주는 흥분에 대하여

티 클래스에 갔다가 재미있는 이야기를 들었다. 팽주님으로부터였다. (차를 우리는 사람을 팽주라고 부른다.) 녹차잎을 넣어 밥을 하면 그렇게 맛있을 수가 없다는 이야기였다. 옥색 모시한복을 입은 팽주님이 옥색 다구로 차를 우려내며 그런 말씀을 하시니 설득력이 있었다.

생각해보니 맛이 없기 힘들었다. 곤드레밥도 하고 냉이밥도 하는데 녹차밥 할 생각을 하지 못하다니…. 곤드레밥이나 냉이밥보다 훨씬 맛있을 거라는 생각이 들었다. 비싸서 그렇지. 곤드레나 냉이처럼 녹차잎을 넣는다면 대체 얼마나 돈이 들지. 우리가 마시고 있던 '우전'이라는 녹차는 고급품이라고 하니 더할 테고.

나는 '녹차'에 대해 전혀 알지 못하는 사람이지만(그렇다고 '차'에 대해서 아는 것도 아니다.) 우리가 마시고 있는 녹차가 아주 좋은 차라는 걸 알 수 있었다. 향과 맛은 물론 잎의 색과 모양도 여느 것과 달랐다. 우려낸 찻잎을 관찰하고 냄새도 맡아보는 시간을 가졌는데, 정말 작디작은 잎사귀였다. 우리가 마시는 분량의 녹차잎을 모으려면, 이 작은 잎을 몇 개나 따야 했을지. 생각하다 아득해졌다.

그리고 경건해졌다. 이렇게 작은 잎을 하나하나 따고 있을 누군가의 손이 떠올랐던 것이다. 이 귀한 찻잎을 몇 번 우려내고 버리다니… 더더욱 말이 안 되는 일처럼 느껴졌다. 나는 엽저를 다시 들여다보았다. 엽저! 찻잎의 모양을 '엽저'라고 부른다는 걸 알게 된 것이 그날의 수확이었다. 오랜만에 새로운 단어를 알게 된 것이다. 사실 나는 '엽저'라는 단어에 정신이 팔려 티 클래스를 제대로 즐기지 못했다.

'엽저'라는 말을 알게 되어 녹차의 잎도 더 특별하게 보였던 것일까. 뜨거운 물에 몇 번이나 들어갔다 나왔는데도 막 차나무에서 딴 것처럼 신선해 보였다. 여전히 뿌리로부터 양분을 공급받고 있는 중인 듯 생생하고, 그리고 어려 보였다. 아주 옅은 연두색이었다.

나는 연두색이라면 꼼짝을 못하는 사람이다. 자연에서 나온 연두색에 말이다. 우전의 엽저도 그랬고, 청포도와 완두콩도 그렇다. 팔레트에 짠 연두 물감에는 전혀 흥미가 없지만.

그래서 나는 청포도 이야기를 꺼냈던 것이다. 티 클래스의 쉬는 시간에. 요즘 나오는 청포도를 꼭 드셔보시라고. 외래종 말고, 샤인 머스캣 말고, 알이 작은 토종 청포도를. 바로 지금이 제철이라고. 난데 없었다.

티 클래스의 회원은 나까지 넷이었는데, 우리는 한 시간 전에 만난 사이였다. 한 분이 자기네 집은 샤인 머스캣만 먹는다고 말했다. 또 한 분이 말했다. 샤인 머스캣을 얼려 먹으면 다르다고. 아이스크림보다 더 맛있다고. 나는 이 말에 혹했다. 샤인 머스캣을 좋아하는 사람은 아니지만 '얼린 샤인 머스캣'이라면 다른 문제였다.

너무 달기만 하다는 것. 이게 내가 샤인 머스캣을 좋아하지 않는 이유였다. 나는 달기만 한 과일은 과일 같지가 않다. 백향과나 파인애플처럼 시큼함이 특색인 과일만이 아니라 망고처럼 단 과일도 약간의 산미가 있어야 맛있게 느껴진다. 그런데, 얼린다면 좀 다르지 않을까 싶었다. 질감도 변하고 맛도 변한다. 얼리면 단맛이 약해진다는 것을(식감도 달라지고)

나는 경험으로 알고 있었다.

티 클래스를 마치고 돌아오던 길. 지하철에서 내려 밤의 열기에 취한 사람들을 요리조리 피하며 '초록마을'을 향해 걸었다. 샤인 머스캣을 사기 위해서였다.

샤인 머스캣을 식탁에 올려놓고 생각했다. 내가 샤인 머스캣에 끌리지 않았던 건 달기만 해서가 아니라고.

샤인 머스캣의 외양이 마음에 들지 않았던 것이다. 육중하다고 할 수도 있을 정도인 포도 알의 크기도, 껍질이 불투명하다는 것도. 속이 비치치 않는 껍질이 나의 미감에 맞지 않았다는 걸 깨달았다. 동시에 청포도를 그토록이나 좋아하는 건 속이 비칠 듯 반투명한 연두 껍질 때문임을 알았다. 내게 청포도를 먹는다는 것은, 입으로만 하는 행위가 아니었음을 알아차린 순간이기도 했다.

취청오이를 사지 않는 이유도 연두가 아니어서다. 취청오이가 내가 사곤 하는 연둣빛 오이보다 더 단단하다는 것을, 그래서 잘 물러지지 않는다는 것을 알면서도 나란 사람은 연두 오이를 사는 것이다.

연두 오이 중에서도 색이 연한 것으로. 아직 몸피가 부풀지 않아 피부가 질겨지지 않은 오이를 말이다.

이 모든 것은 완두콩으로부터 시작되었다. 내가 식물의 연두색에 꼼짝 못하는 사람이라는 걸 완두콩 때문에 알게 되었다. 슈퍼에서 완두콩을 보면 늘 마음이 급해졌다. 어서 집으로 데려가고 싶다는 생각에. 어쩌자고 망사 주머니도 연두색인지…. 연두색 망사 틈으로 보이는 완두콩의 꼬투리… 색과 형태가 완벽하다. 이 꼬투리를 엄지손가락으로 눌러 가르고, 벌려, 콩알들이 얼굴이 내미는 순간을 보는 건 도무지 지루하지가 않은 것이다. 아, 이 연두가 주는 흥분이란.

그 예쁜 연두색 콩알들이 꼬투리 밖으로 흘러나와 양푼에 부딪쳐 튀어오르며 내는 소리는 또 어떻고. 영혼이 담기지 않고서야 저런 소리가 날 수가 없다. 그래서 피타고라스는 그런 말을 했던 걸까? 어떤 인간은 죽으면 완두콩이 된다고. 나는 그 말을 듣고 피타고라스가 완두콩을 까본 사람임에 틀림없다고 생각했다.

완두콩을 최상의 존재라고 생각한 나머지 인간이 완두콩이 되면 완벽한 윤회라고 믿었던 걸까? 완두콩을 까는 피타고라스를 상상해본다. 완두콩이 통통거리는 소리를 들으며 죽은 친구의 목소리를 듣는다고 생각했을지도 모를 그 남자를.

마릴린 먼로의 아티초크

아녜스 바르다의 영화 〈바르다가 사랑한 얼굴들〉을 보는데 부러운 장면이 나왔다. 바르다가 옛 친구인 고다르(장 뤽 고다르다.) 집의 문고리에 브리오슈가 든 봉지를 걸어주는 신이었다. 고다르가 파리에 살 때 좋아하던 빵집에서 샀다면서.

바르다는 고다르의 단골 빵집에서 산 빵을 들고, 고다르를 만나러 가기 위해 기차를 탔다. 그렇게 수고롭게 프랑스의 시골로 간 것이었는데, 고다르는 약속을 깨고 나타나지 않는다. 그런데도 바르다는 '나쁜 고다르'(바르다의 표현이다.)가 좋아하는 빵을 고다르네 집 문고리에 걸어주었던 것이다. 분하다며 눈물을 흘리면서.

내가 부러운 건 둘 다였다. 나타나지 않는데도 여전히 사랑받는 고다르와 나타나지 않는 '나쁜 놈'을 여전히 사랑하는 바르다, 둘 다.

나도 하고 싶어졌다. 누군가의 문고리에 그 누군가가 좋아하는 무엇을 걸어 두는 일을. 그것을 준비하면서 얼마나 설렐지, 그 사람이 그것을 발견하고 나한테 무슨 말을 할지 등등 상상의 나래를 폈다.

하지만 할 여건이 안 된다. 걸어주고 싶은 문고리를 가진 몇몇의 집도 모르거니와 그들은 단독 주택에 살지 않는다. 거의 아파트에 살기 때문에 출입카드가 없다면 마음대로 들어갈 수도 없다.

그래도 상상은 자유니까, 누가 내 문고리에 걸어준다면 뭐가 좋을지 생각해봤다. 나는 무엇을 받고 좋아할지를 말이다. 딱 두 가지가 생각났다. 콜리플라워와 아티초크. 뭔가 꽃다발 같은 느낌이라서 그런 걸까? 내가 콜리플라워와 아티초크에게서 샐린저가 말하는 '수수한 꽃다발'의 느낌을 받는지도 모르겠다.

더 생각해보면… 콜리플라워와 아티초크는 오이나 애호박처럼 일상적이지가 않다. 나는 물론 오이와 애호박을 좋아하지만, 이것들로는 부족하다는 생각이다. 뭔가 '너만을 위해 특별히'의 느낌은 안 드는 것이다.

그리고 보기에도 이쁘다. 오이와 애호박이 이쁘지 않다는 건 아니지만, 나는 콜리플라워를 만질 때마다 놀라고 만다. 콜리플라워의 색채, 그 흰색의 깊이에 숙연해진다. 한편으로는 '대학(college) 교육을 받은 양배추(cabbage)'라고 한 마크 트웨인의 동음이 의어 개그 같은 것들을 떠올리기도 하면서. 대학 교육을 받았다는 게 과연 어떤 특성을 갖는 건지 여전히 잘 모르겠지만.

아티초크를 생각하면 로마가 떠오른다. 그리고 헨리 제임스도. 이게 대체 무슨 소린가 싶으시겠지만, 내게는 그렇다. 헨리 제임스가 로마에서 묵었던 호텔 앞에서 아티초크 피자를 먹었기 때문이다.

'아티초크 피자를 먹으러 헨리 제임스가 묵었던 호텔에 가야지!'라고 미리 계획한 것은 전혀 아니었다. 어쩌다 보니 그렇게 됐다. 사정은 이렇다. 나는 헨리 제임스를 좋아하고, 헨리 제임스가 로마에서 오래 머물렀던 것을 알고 있다. 게다가 그는 로마에서 『여인의 초상』을 썼는데, 나는 이 소설도 좋아한다. 그런데 내가 머물던 루도비시 거리 근처에서 조금만 가면 헨리 제임스가 묵었던 호텔 딩길테라가 있었다. 로마에서 나의 숙소였던 보석상의 아파트(얻고 나서 알게 되었다.)는 스페인 계단 위쪽의 길과 이어지는 거리에 있었는데, 헨리 제임스의 호텔은

스페인 계단만 내려오면 아주 지척이었던 것이다.

　그런데 목표 지점에 점점 다가가는데 느낌이 좋지 않았다. 거기는 '명품 거리'라 불리는, 내가 자주 돌아다닌 시내의 한복판이었다. 마침내 찾은 호텔 앞에서 보이는 풍경이라고는⋯ '코스'와 '막스마라'와 '자딕앤볼테르' 같은 한국에서도 흔히 볼 수 있는 매장뿐이었다. 호텔 카페에 들어가 잠시 앉아 있다 나오려던 구상은 접어야 했다. 그곳에서까지 코스와 막스마라와 자딕앤볼테르를 보고 싶지 않았기 때문이다. 대신 호텔을 보며 점심을 먹기로 했다. 그래서 호텔이 마주 보이는 노천카페에 앉았다. '카페 로마노'라는 곳이었다. 나는 여기서 아티초크 피자를 먹었던 것이다.

　아티초크를 요리해본 적은 없다. 다만 백화점 슈퍼에 아티초크가 진열되어 있는 걸 보면서 생각하곤 한다. '뭔가 쓸쓸해 보이는 모습이다.'라고. 며칠째 거기 있었고, 앞으로도 계속 거기 머물러 있을 것 같다는 예감이 드는 것이다.

　그도 그럴 것이 아티초크 요리를 해봤다는 이야

기를 들어본 적이 없다. 아티초크라는 재료를 어떻게 대해야 할지 난감해한다는 생각이 들었다. 나만 그런 게 아니라 모두들 그런다는 느낌이랄까.

아티초크를 생각하면 로마와 헨리 제임스 말고 또 떠오르는 사람이 있다. 마릴린 먼로다. 마릴린 먼로는 1948년 캘리포니아에서 열렸던 아티초크 축제에서 '아티초크 여왕'으로 뽑혔다. 캐스트로빌이라는 마을에서 주최한, 심지어 최초의 아티초크 축제였다고 한다. 한국에서 열리는 '고추 아가씨'나 '인삼 아가씨' 같은 농산물 축제의 기원인가도 싶다.

이 글을 쓰다 알고 싶어졌다. 마릴린 먼로의 짧은 생애에서 요리가 차지하던 비중이 어느 정도였을지. 산소를 마시듯이 샴페인을 마셨다는 그녀가 샴페인 안주로 만든 음식은 무엇이었을지. 요리하기 꽤나 까다롭다고 하는 아티초크를 요리해본 적이 있는지도. 아마 아티초크 여왕이 되었을 때 아티초크를 박스째로 받지 않았을까 싶은데….

아티초크 여왕이 하는 아티초크 요리란 어떤 것일지 무척이나 궁금한 것이다.

파를 감싸 안았거나
파로 감싸 안았거나

원주는 지방 도시에 대한 선입견과 달리 활기찬 곳이었다. 산업과 농업이, 그리고 내가 잘 모르는 기타 산업들이 잘 돌아가고 있다는 느낌이었다. 운전 매너도 좋아서 '아, 이곳 사람들은 참으로 너그럽구나!'라는 생각도 했다. 서울에서는 깜빡이를 켜고 차선을 바꾸려고 들면, 뒤차가 오히려 더 속도를 내고 달려와서 기분이 상하는 경우가 많은데 원주에서는 그런 일이 없었다. 한 번도.

이 활기와 온기가 좋아서 시장에 많이도 갔다. 인견으로 만든 바지도 사고, 조그만 자개상도 샀다. 작가들과 시장 지하에 있는 '신혼부부'라는 분식집도 가고, 닭발로 유명한 '노다지 야식'도 갔다.

가장 궁금했던 식당은 '산정집'이라는 곳이었다. 보건소 건물에 있는 예술영화관에 〈행복한 라짜로〉를 보러 갔다가 우연히 발견했다. 주변을 걷고 있는데 골목 안으로 '산정집'이라는 글자가 보였다. '산정'이라는 이름이 자아내는 정취도 마음에 들었고, 무엇을 파는지 궁금했다. 이름만으로는 무엇을 파는지 전혀 알 수 없기 때문에 더 그랬을 것이다. '○○한우'나 '○○쌈밥'처럼 취급 종목을 명시해주지 않는 도도함에 끌렸을 수도 있다.

고깃집이라고 했다. 그런데, 그냥 고기가 아니라 쪽파를 넣은 고기를 파는 집이라고 했다. 쪽파라니! 나는 쪽파를 정말이지 좋아한다. 쪽파를 데쳐 돌돌 만 쪽파 강회는 물론이고, 쪽파를 넣고 부친 고기산적, 쪽파를 듬뿍 넣은 라면, (쪽)파전과 (쪽)파김치를 좋아하고, 돈코쓰 라멘에 잔뜩 뿌려주는 쪽파도 좋고, 과메기와 함께 먹는 쪽파도 좋다.

이 모든 쪽파가 들어간 음식에서 내가 생각하기에 쪽파는 부재료가 아니다. 주재료다. 고기도, 라면도, 과메기도 모두 쪽파를 돕기 위한 조연이라고 생각할 정도로 쪽파는 위대하다. 나는 그렇게 생각한다. 쪽파를 좋아하니 어쩔 수 없다.

토지문화관에서 먼저 퇴소한 K가 산정집에서 보자고 했다. 원주 사람인 K(오십대 후반 내지 육십대 초반)는 산정집이 자기 아버지 대부터 있던 식당이고, 아버지의 단골집이었다는 이야기를 했었다. 나와 L, 다른 K와 S는 산정집에서 K를 만났다. K는 여덟 명 정도가 앉을 만한 여유로운 자리를 차지하고서 우리를 기다리고 있었다. 5시쯤인가 그랬는데 이미 만석이었다. 예약을 하지 않으면 자리를 잡지 못한다고 했다.

번철이라고 해야 할까. 무쇠솥의 뚜껑을 뒤집은 듯한 오목한 모양의 무쇠팬이 놓였다. 나는 무쇠팬을 산 이후로 무쇠팬을 쓰는 고깃집을 신뢰하게 되었다. 무쇠팬에 구운 것과 그렇지 않은 것이 얼마나 다른 결과를 만들어내는지 알기 때문이다. 그래서 아무 정보 없이 고깃집을 선택해야 할 때 제일 먼저 보는 건 무쇠팬을 쓰는지 아닌지, 아니라면 어떤 팬을 쓰는지다. (블로그 리뷰로 이런 걸 살핀다.) 물론 음식의 종류에 따라 숯불을 피우고 석쇠를 올리는 게 좋을 때도 있지만 나는 무쇠의 힘을 믿는다.

고기를 구워주시는 분이 고기를 올리기 전에 기름을 두르셔서 무슨 기름인지 물어봤다. 들기름과 식용유를 섞었다고 했다. 들기름만 넣으면 발연점이 낮으니 타게 되고, 식용유만 넣으면 감칠맛이 덜할 테니 적절한 타협으로 보였다. 기름이 지글지글거리자 고기를 올리는데… 열을 가지런히 맞춰서 놓아주셨다. 5열 종대이면서 6열 횡대로. 쪽파는, 마블링이 아름다운 고기 이불을 덮고 초록 발을 살짝 내밀고 있었다. 아주 살짝.

참으로 가지런했다. 이 가지런함이 이 음식의 핵심이라고 나는 생각했다. 쪽파를 손질해본 사람이라면 알 것이다. 쪽파를 하나하나 다듬는 데 얼마나 많은 인내를 필요로 하는지. 나는 이 쪽파 고기의 제조 과정을 머릿속에 재구성해보았다. 쪽파를 씻어 가지런히 정돈한다. → 물기를 뺀다. → 키를 맞춰 자른다. → 쪽파의 키보다 살짝 작게 소고기를 자른다. → 소고기를 편 후 쪽파를 올려 돌돌 말아준다. → 계속 말아준다. → 쪽파를 넣고 만 소고기를 가지런히 정돈해 보관한다. 쟁반이든 밧드든 이 쪽파말이 고기를 가지런히 놓았다가 가지런히 덜어내 가지런히 서빙해야 한다. 무쇠팬에 가지런히 올려야 이 음식은 비로소 완성된다. 쪽파를 감싼 고기가 쪽파와 함께 익어가는 동안 그런 생각을 했다. '참으로 정성집약적인 음식이군.'

파의 채즙에 고기의 육즙이 어우러졌으니, 거기다 무쇠에 구웠으니, 먹어보지 않아도 어떤 맛일지 상상이 됐다. 어떤 맛인지 논할 필요가 없는 것이다. 그런데… 생각했던 맛이 아니었다. 순수한 쪽파의 맛이 아니었다. 쪽파 말고 미나리도 있는 듯하고 부추도 있는 듯했다. 좀 맥이 빠졌다. 나는 순수한 쪽파말이를 원했던 것이므로. 하지만 현실은 쪽파 외 등등 말이였고….

　미나리와 부추도 훌륭하지만, 나는 '낙지와 먹는 미나리'와 '오리와 먹는 부추'를 사랑하는 사람이고, '소고기에는 쪽파'라고 생각한다. 쪽파와 소고기의 온전한 맞대면을 원했던 것이다. 하지만 그건 내 사정일 뿐이고, 나처럼 열렬한 쪽파 애호가가 아니라면 트집 잡을 데가 없는 상당한 음식이었다.

　5년 전에도 쪽파와 강렬하게 대면한 적이 있었다. 포항 출신 소설가 K가 주재한 과메기를 먹는 자리였다. K는 포항의 단골집에서 과메기와 초장 등등을 공수해왔고, 나는 어쩌다 운 좋게 그 자리에 끼게 됐다. 과메기는 이렇게 먹는 거라며 K는 생미역으로 싼 과메기의 허리를 쪽파로 몇 번이나 동여맸다. 초장을 지나치게 많이 찍는 게 아닌가 싶었지만… K가 입에 넣어준 쪽파 과메기는 황홀했다. 쪽파집약적인 그 맛!

　그 자리 이후로 과메기를 먹을 때면 쪽파를 절단하지 않고 통으로 놓는다. 밖에서 먹는 것은 지양하려고 한다. 아무리 과메기가 기름져도, 양념장이 맛있어도, 물미역을 많이 줘도, 쪽파를 자르지 않고 통으로 주는 식당은 보지 못했기 때문이다. 쪽파를 자르지 말고 통으로 달라고 요청하는 게 민폐로 여겨지지 않을 만큼의 단골집도 없고.

제주 구좌 당근

제주의 구좌읍에서 잠시 지낸 적이 있다. 그전까지는 '구좌'라는 동네가 있는 줄도 몰랐다. 제주에 집을 얻어 잠깐 살고 있는 작가 P의 집에 가게 되었는데, 거기가 구좌였다. 구좌읍 중에서도 세화라는 동네였다.

조금만 걸으면 많은 것을 할 수 있는 동네였다. 10분만 걸어 나가면 해변이고, 카페에 와인 바, 파스타집, 횟집은 물론 카이센동집도 있었고, 서점도 있었다. 제주의 까만 돌을 이용해 제주식으로 지은 그 서점에 들어갔다 깜짝 놀랐다. 인문 코너가 상당했기 때문이다. 나는 거기서『신현덕의 몽골풍속기』를 샀다. 1999년 발행, 가격은 9,000원. 도서출판 혜안.

일단 표지에 홀렸다. 자주색 전통의상을 입은 소년이 자기 키보다 길어 보이는 나무 막대를 가로로 길게 들고 말을 타고 있는 모습에. 책의 뒷날개에 혜안이라는 출판사에서 나온 책들의 제목이 있었는데, 읽고 싶은 책이 가득이었다.『몽골비사』,『인도일기』,『무학대사 연구』등등.『조선시대 선비들의 백두산 답사기』와『조선시대 선비들의 금강산 답사기』라는 책도 있었다. 조선시대 선비들이 금강산이

나 백두산을 다녀오기도 했다는 글을 어디선가 본 이후로 종종 궁금했었다. 짐을 어떻게 꾸리는지, 노비 몇 명이 동행하는지, 잠은 어디에서 자는지 등등.

　　다시 구좌 이야기로 돌아와서. 내가 구좌에 머문 이틀째인가 태풍 경보를 들었다. 역대급이었던 곤파스에 비견될 만한 강력한 태풍이라고 했다. 이름은 '링링'. 홍콩 사람들이 예쁜 소녀를 부르는 말이라고 한다. 이 '링링' 때문에 나는 어느 때보다 빈번하게 뉴스를 검색했다. '새로 고침' 하고 다시 '검색', 또 '검색'. 창문 밖으로 나무가 세차게 흔들리는 걸, 집 가까이 있는 바다의 위력적인 소리를 느끼면서 말이다.

　　그러다 한 기사를 봤다. "구좌 당근밭을 시찰하고 있는 원희룡 지사". 심지어 구좌읍 세화리라고 상세하게 나와 있었다. 그걸 보고 알았다. 구좌의 대표 농산물이 당근이라는 것. 내가 묵고 있는 세화리도 당근의 산지라는 것. 동네의 그 많은 밭들에서 당근이 쑥쑥 솟아나오는 장면을 상상했다.

　　보신 적이 있는지 모르겠는데 제주의 흙은 까맣

다. 10년 만에 간 제주에서 나는 '아아, 제주의 흙은 이렇게 까맸지.'라고 생각하다가 이전에도 이런 생각을 했었나 싶었다. 제주에 간 지 너무도 오래된 까닭이었다. 또 당시의 나는 제주의 밭을 이렇게 가까이서 본 적이 없었다. 주로 차를 타고 다녔고, 정원에는 잔디가 깔린 호텔에 묵었기 때문이다.

'흙빛'이라기보다는 연탄에 가까운 색이라고 해야 할 것 같다. 우리가 밭의 색깔이라고 흔히 알고 있는 짙은 갈색과는 상당히 다르다. 제주가 화산섬이라서 그럴 것이고, 현무암 지반이 부서져서 그렇게 된 것일 텐데, 실제로 보면 흠칫 놀라게 된다. 정말 까만색이라서.

링링이 제주를 통과해 북쪽으로 날아가버린 날에 흥미로운 이야기를 들었다. 제주의 당근은 그냥 당근이 아니라는 말이었다. 나도 당근을 좋아하는 사람으로서 맛있는 당근은 꽤나 먹어왔다고 생각했는데, 그 말을 듣자 아무 말도 할 수 없었다. 내가 그동안 먹어온 당근보다 제주의 당근이 맛있을 거라는 확신이 들어서.

근거 있는 확신이다. 일단 검정 흙에서 자란다는 것. 검정 흙은 일반적인 밭의 흙보다 물 빠짐이 좋다고 한다. 또 거센 바람을 견뎠다는 것. 또 바다와 인접한 땅이라는 것. 바다의 짠기가 당근에 묘한 '풍미(風味)'를 입혔을 거라는 생각이 주르륵 이어졌다. 거의 광적으로 제주 당근 예찬을 펴던, 제주에서 만난 남자는 다른 것은 몰라도 제주에서 당근 주스만은 꼭 먹어봐야 한다고 했다. '미리 알았다면 당근 주스를 먹기 위해 노력했을 텐데….'라고 아쉬워하며 나는 공항으로 갔다.

제주공항에서 비행기를 기다리며 구좌 당근 주스를 주문했다. 특별히 의지가 있었던 것은 아니다. 돌아가서 먹을 식자재를 스마트폰으로 주문하는데, 갑자기 '제주 구좌 향당근 주스'가 보였다. 첨가물이 전혀 없는 당근 100%라고 했다. 그동안에는 전혀 보이지 않던 것이 갑자기 보일 수가 있는지? 기이한 일이 아닐 수 없다.

이 구좌 당근 주스를 먹다가 깜짝 놀랐다. '어떻게 당근에서 이런 맛이 나지?' 싶었던 것이다. 달다고 하기만은 부족하다. 아주 복합적이면서 오묘한 맛이 났다. 제주 흙의 '테루아'가 찐하게 느껴졌달까. 제주 당근 예찬을 하던 그 남자가, 그럴 만도 했다는 생각이 들었다. 그 사람은 나와 비슷한 사람이구나 싶었다. 나 역시 뭐가 맛있으면 다른 사람들에게 그걸 맛보여주고 싶은 마음에….

한 모금 한 모금 음미하면서 이 복잡한 맛의 정체가 무엇인지 궁리해보았다. 뭐랄까. 이건 지구의 맛이 아니다. 이계(異界)의 맛이다. 외계의 맛과는 또 다르다. 검정 흙의 냄새와 세화 해변의 바람과 엄청난 속도로 발육하고 있던 초록의 기운이 동시에 몰려오는.

허브술 파는 약국

베를린에 머물고 있을 때의 일이다. 크로이츠베르크 부근이었던 듯한데, 수상쩍은 약국이 있었다. 'APOTHEKE' 아래 'WHISKY'와 'BAR'가 쓰여 있었으니. 나는 옆에 있던 K에게 저게 뭐냐고 물었다. K는 말 그대로라고 했다. "술 파는 약국이라고요?" 나는 독일어를 모르는 사람이지만 베를린에서 얼마간 지내니 'APOTHEKE'가 약국이라는 것을 알 수 있었다.

그는 고개를 끄덕이며 말했다. "들어가볼래요?" 나는 고개를 저었다. 너무 많이 걸어 다녀서 지쳐 있었다. 그날도 10km쯤 걸었을 거라고 생각한다. 베를린에서 K와 함께 길을 나서면 거의 하루 종일 걸었다. 피곤한 나머지 술을 마시고 싶은 생각이 전혀 들지 않았다. 얼른 집으로 돌아가 자고 싶을 뿐이었다. 그래서 이렇게 말했다. "다음에요."

당시의 결정을 후회한다. 그 후로 가지 못했고, 앞으로도 가보지 못할 가능성이 높다. '다음에요.'라고 말하면 사실 그 기회는 날린 것이나 마찬가지다. 늘 생각한다. 사고 싶거나, 가고 싶거나, 먹고 싶은 것이 있다면 바로 해야 한다고. 그 순간을 놓치면

'다음'은 없다고.

'다음'을 없애버린 나는 종종 이 술 파는 약국에 대해 생각한다. 어떤 술을 파는지, 어떤 시스템으로 운영되는지, 이곳의 약사에게는 약사 면허와 주류 판매 면허가 둘 다 있는지, 한 사람에게 몇 잔까지 허용되는지 등등. 이 술 파는 약국의 시스템이 궁금하다.

넷플릭스에서 서비스 중인 〈대관절 해피니스〉를 보고 베를린의 술 파는 약국을 다시 떠올렸다. 처방전이 있으면 대마초를 합법적으로 살 수 있는 '치료소(?)' 이야기다. 그러니까 합법을 가장한 대마초 판매점에서 벌어지는 약 빠는 이야기랄까. 〈미저리〉의 캐시 베이츠가 이 치료소의 원장이라서 그런지 더 설득력이 있다. 〈대관절 해피니스〉에서 대마초의 종류에 대해 말하는 걸 보다가 또 술 파는 약국에 대해 생각했다. 술 파는 약국에서 파는 술은 어떤 종류였던 걸까라고.

아… 어쩌면… 그곳에서 파는 건 허브로 만든 술이나 이탈리아에서 식후주로 마시는 디제스티보 같은 소화 기능이 있는 술일 수 있겠다 싶었다. 독일의 가정에서 상비약처럼 쓰이기도 한다는 예거마이스터가 떠올랐으므로. "오래된 천식, 위장병 등을 치료할 약용 리큐어로 개발되어 비터스와 비슷하지만 쓴맛의 비터스와는 달리 달콤한 맛을 가졌다. 독일에서는 아직도 이 술을 가정상비약으로 구비해놓은 집들이 많다."라고 인터넷 지식백과는 예거마이스터를 설명하고 있었다. 베를린에서 나는 예거마이스터와 비슷한 장르의 술을 많이 마셔보았던 것이다.

나의 예상일 뿐이지만, 만약 그렇다면 그곳을 가보지 못한 게 더 애석한 일이다. 나는 디제스티보를 좋아하고, 한국에서 디제스티보를 접하기란 쉬운 일이 아니기 때문이다.

외국 여행을 할 때 가장 즐거웠던 순간은 어쩌면 술을 마시고 있을 때였다. 술도 술이지만, 술을 마시면 그날 있었던 일이 밀려와 만족스러운 기분이 들었기 때문일 것이다. 식사를 하기 전에도 술을 마시고, 식사를 하는 중에도 술을 마셨지만, 식사가 끝난 후에도 술을 마셨다. 디제스티보에 맛을 들이자 디제스티보를 마시기 위해 여태 이 모든 것을 먹고 있었다는 생각이 들 정도로 나는 디제스티보를 즐겼었다. 디제스티보에서 풍성한 허브의 향이 느껴진다는 게 정말이지 좋았다.

그래서 특정한 디제스티보를 떠올리면 특정한 장소가 떠오른다. 아마레토를 생각하면 베를린이, 삼부카를 생각하면 피렌체가, 비스코티를 찍어먹던 파시토를 생각하면 토리노가. 식사를 끝낸 후 마시는 식후주는 궁극의 디저트였다.

혹시 예거밤 같은 것도 베를린의 술 파는 약국에서 유래된 건지 궁금해졌다. 동네 술집에 갔다 예거밤을 마신 적이 있다. 막연히 예거마이스터 칵테일이겠거니 하며 마신 게 잘못이었다. 한 모금을 마시자 바로 위력이 나타났다. 수액을 맞는 것처럼 술이 몸에 좌악 들러붙는 느낌이 들었고, 심장이 미친 듯이 뛰는 동시에 에너지가 샘솟기 시작했다. 그러면서도 몸은 노곤했다. 기분이 나빠지기 시작했다. 술에 '진 느낌'이랄까.

정신이 혼미해지는 와중에 나는 대체 왜 이런 기분이 드는지 따져보기로 했다. 술을 가져다준 남자에게 물었다. 예거마이스터에 대체 뭘 타는 거냐고. 남자가 말했다. 예거마이스터에는 레드불을 타는 게 정석인데, 레드불이 비싸서 자기네는 핫식스를 탄다고. 핫!

그 순간 알았다. '예거밤'에 붙은 밤이 'bomb'이었음을. 나는 방금 '예거 폭탄'을 마신 거였다. 그리고 핫식스라니…. 그건 밤샘을 하기 위해 마시는 각성제였고… 술은 이완제이니… 각성제와 이완제를 섞어 마셨다는 말이었다. 그걸 깨닫자 눈앞의 노란 액체가 공포스럽게 보였다. 단기간에 몸을 망치고 싶은 사람이 있다면 예거밤을 먹으면 되겠구나 싶었다.

그때까지 나는 핫식스나 레드불을 마셔본 적이 없었다. 구태여 마실 일이 없었기 때문이라고 생각했는데 '예거밤 사건'을 겪으며 내가 위험을 감지했던 거였다는 판단이 들었다. 나는 내가 종종 위험탐지견(그런 게 있는지 모르겠지만)을 방불케 하는 성능 좋은 예각(豫覺)을 가졌다고 생각한다. (그러니까 겁이 많다는 말.)

나는 나의 이런 좋게 말하면 신중하고, 솔직하게 말하면 답답한 성격이 내 인생의 가장 큰 적이라는 생각이 들 때가 있다. 그래서 이렇게 후회하고, 되뇌고, 생각하고, 상상할 수밖에 없는 것이다. '신 (神)적인 취기'를 그리워하면서.

초록의 기운으로 오늘도

처음 만들어본 야채 절임은 오이 피클이었다. 두 번째로 할 때는 셀러리와 당근을 더했다. 타임이나 월계수잎 같은 허브를, 레몬이나 고추를 넣기도 했다. 피클을 참 많이도 만들었는데, 생각해보면 끝까지 먹은 적이 없다. 아무래도 피클은 피자나 햄버거 같은 음식과 어울리는 보조재인 것이다. 나는 그런 음식을 그다지 즐기지 않고.

그렇게나 많이 만들었던 것은 만듦의 재미가 있어서였다. 나는 야채를 고르고, 다듬고, 병에 넣고, 피클링 스파이스를 조합하고, 절임액을 만들고 하는 일을 즐겼다. 하지만 할 때만 재미있을 뿐, 피클은 거의 줄어들지 않았다.

그러다 무 절임을 만드는 시기에 이르렀다. 무 절임이 피클 아니냐고 물으실지도 모르겠지만, 내가 생각하기에는 엄연히 다르다. 피클이 다른 음식과 함께 먹는 반찬이라면, 무 절임은 특정한 음식의 부속으로 들어가는 재료로서 만들었기 때문이다. 이를테면 피클이 장갑 같은 거라면, 무 절임은 셔츠에 붙어 있는 단추 같은 거랄까?

내게 무 절임을 만들게 한 그 '특정한 음식'이란 냉면이었다. 비빔냉면에 들어갈 것은 필러로 깎아 넓적하게 만들었고, 물냉면에 들어갈 것은 무생채를 할 때처럼 가늘게 채쳤다. 비빔냉면용으로 만든 무 절임은 가끔 전기구이 통닭이나 훈제 오리 같은 가금류와 먹기도 했다. 그런데 이 두 종류의 무 절임을 만드는 것도 과거의 일이 되어버렸다. 더 이상 집에서 냉면을 거의 먹지 않게 되었기 때문이다. 재작년 여름만 해도 일주일에 냉면을 서너 번 먹었는데 지난여름엔 한 번 먹었다.

두 달쯤 집을 떠나 있어서 그랬기도 했지만, 언제부턴가 탄수화물을 잘 먹지 않게 되었다. 밥이나 냉면이나 국수를 줄이게 된 것이다. 탄수화물이 몸을 무디게 만든다는 걸 느낀 이후 생긴 변화다. 그렇게나 좋아했던 쌀과 냉면과 국수의 자리를 온갖 '초록'들이 채우게 되었다.

나는 엉성한 사람이라서 꼭 초록색 야채만 '초록'이라고 부르지 않는다. 아스파라거스, 줄기콩, 브로콜리, 로메인, 루콜라, 주키니, 오이, 아오리 사과,

완두콩, 차요테, 청포도, 바질, 딜, 소렐도 초록이지만 파프리카, 가지, 콜리플라워, 보라 양파, 화이트 아스파라거스, 양송이 버섯, 라디치오, 샬롯, 펜넬, 엔다이브도 내겐 '초록'이다. 왜냐하면 그것들 어딘가에서 초록색을 발견할 수 있기 때문. 표피의 색이 초록이 아니더라도 초록의 기운이 느껴진달까.

갑자기 채식주의자가 된 건 아니다. 되어보려고 한 적은 있었다. 10년 전쯤이었다. 1년 정도 하다가 중단했다. 체중이 5kg 넘게 빠지고 보는 사람마다 어디 아프냐고 물어서 괴로웠었다. 가장 힘든 것은 몸에 기운이 없다는 것이었다. 기운이 없으니 의욕도 없고, 그저 눕고만 싶었다. 방법이 잘못된 건지 모르겠는데, 그때는 그랬다.

다시 야채가 아닌 것들도 먹게 되면서 야채만 먹을 때보다 야채를 더 좋아하게 되었다. 나는 어쩌면 필레미뇽보다도 가니시로 나오는 구운 야채를 더 좋아하는지도 모르겠다. 초록 기운에 반응하는 것이다. 채식주의자처럼 '주의자'를 붙여본다면 초록주의자? 아니면 '친록파' 정도라고 하면 될까?

초록을 만질 때의 느낌은 동물의 살덩어리를 만

질 때의 느낌과 비교할 수 없다. 갈비처럼 핏물을 빼야 하는 번거로움도 없고, 익혀도 맛있지만 익히지 않아도 맛있다. 또 먹지 않고 두고 보기만 해도 좋다. 꽃을 좋아하지만 절화를 사러 다닐 의욕이 없는 나로서는 초록들이 꽃을 대신하기도 한다. 콘솔 위에 둔 과일 바구니에 레몬이나 라임, 스위티 같은 감귤류를 던져놓고 오며 가며 본다. 작은 돌확을 수반 삼아 파나 미나리 같은 걸 꽂아보고 싶은 마음도 드는데 이건 뭔가 너무 멋지다는 생각이 든다. 나랑은, 우리 집과는 안 어울리겠다는 생각도. 그래서 돌확을 그렇게 열심히 구하고 다니지는 않는다.

　어쨌거나 요즘 다시 야채 절임을 만들기 시작했다. 피클처럼 산미가 세지 않고, 냉면을 위해 만들었던 무 절임과도 다르다. 산미도 약하고 염도도 약하다. 다시마를 우려서 맛국물로 사용한다. 페퍼론치노도 넣는다. 지퍼백에 초록들을 썰어 넣고 절임액을 부은 후 주물주물 해준다. 그러고선 냉장고에서 30분 후 꺼내면 완성이다.
　이 가벼운 야채 절임을 만들기 위해 몇 권 안 되

는 일본 요리책을 뒤졌다. 나는 뭔가를 처음 시도할 때 책으로 공부를 하고 시작하는 부류다. 줄리언 반스가 쓴 요리 에세이에 보면 레시피를 보고 요리하는 사람을 섹스 교본 보면서 섹스하는 사람 취급하는 이야기가 있는데, 내가 그런 사람이다. 인터넷 검색을 하기도 하지만 책을 더 신뢰한다. 책에 그 레시피가 없을 때는 인터넷의 각기 다른 레시피 중에서 어떤 게 나와 맞을지 엄청나게 고민한다. 그 의견을 받아들이기 위해 그 사람이 쓴 다른 레시피와 글까지 수십 개를 보면서 믿을 만한 의견인지를 가린다. 쿠스쿠스를 처음 할 때 물의 비율을 놓고 그랬고, 오소 부코를 처음 할 때는 핏물을 빼지 않아도 된다는 견해를 수용하기까지 그랬다.

이 야채 절임을 아사즈케라고 한다는 것도 책을 보고 알았다. 세 가지 절임액에 대한 레시피도 발견했다. 소금, 간장, 유자 중에서 일단 소금으로 해보기로 했다. 오이와 가지를 지퍼백에 넣고 주물주물하는데 느낌이 좋았다. 결과는 대성공. 도쿄에서 먹었던 것과 크게 다르지 않았다.

돌이켜보면 지난 도쿄 여행에서 가장 많은 시간을 할애한 것은 슈퍼마켓 구경이었다. 온갖 종류의 절임, 박음, 장아찌 등의 발효식품을 보면서 내가 얼마나 이런 유의 음식을 좋아하는지 다시 한번 깨달았다. 과자 대신 장아찌를 입에 물고 있는 유아였다는, 나로서는 기억나지 않는 이야기를 떠올리면서 말이다.

오이와 가지를 반 정도 먹었을 때 당근과 무, 차요테를 썰어 넣었다. 이번에도 대성공. 앞으로 내게 야채는, 야채 절임을 할 수 있는 야채와 야채 절임을 할 수 없는 야채로 나뉘게 될 것 같다. 하지만 야채 절임을 할 수 있든 없든 그것들은 내게 모두 초록이다. 땅에 씨앗을 뿌려 자라나는 식물들 거의 전부를 나는 초록이라고 부르고 있으니까.

간편식의 세계에 야채란 없는 걸까

중학교 때 나의 점심시간은 11시 45분에 시작되었다. 12시에 시작되는 다른 아이들의 점심시간보다 15분 빨랐다. 그건 내가 방송반이어서 그랬다. 한 학년에 네 명인 방송반 학생들은 11시 45분에 방송실로 이동했다. 11시 50분이면 도착해 준비를 하고 12시에 방송을 시작했다. 늘 생방송이었다.

나는 1년 동안 이 생방송의 진행자였다. '진행'을 했다기보다는 어떤 기능을 수행했다는 것에 가깝다. '방송 봇'이었다고나 할까? KMBS의 방송 프로그램은 선배들 때부터 내려오던 틀이 확고했고, 2학년이 되어 방송을 주관하는 입장이 되면 1학년 때 보아오던 대로 재현하는 것이다. 다시 말해 1학년 때는 견습, 2학년에는 실습, 3학년이 되면 감독을 하는 시스템이었다. 네 명의 역할도 정해져 있었다. 피디, 기자, 아나운서… 한 명의 역할은 무엇이었는지 기억나지 않는다. 기술이었나? 기억이 나지 않는다. 내가 아나운서였다는 것밖에는.

12시가 되면 일단 타이틀 송이 나온다. 다음에는 방송을 시작한다는 멘트를 했다. 늘 정해진 멘트였다. "점심 음악방송을 시작합니다." 같은 거였다.

내 이름을 말했는지, 인사말에 약간의 자율성이 허용됐는지 기억나지 않는다. 그러고는 첫 곡을 틀었다. 아이들이 신청한 음악이거나 방송반 지도교사가 선정한 음악이거나 그랬다. 방송반 담당 선생님은 성악을 전공한 음악 교사로, (당연하지만) 음악도 잘 알고 기계도 잘 알고 끼도 넘쳐서 방송반 지도교사로 머물기에는 아까운 분이셨다. 우리는 그를 '미스터 채'로 불렀다.

어쨌거나 음악이 나가면 나는 도시락 통을 열었다. 그러고는 급히 밥의 4분의 1을 입안에 넣었다. '쑤셔 넣었다.' 혹은 '밀어 넣었다.'에 가까운 감각이었다. 반찬도 함께 넣고 씹으면서 음악의 흐름을 주시했다. 음악이 끝나기 1분 전에는 입안에 들은 밥을 없애야 하는 것이다. 음악이 끝나면, 입에 밥을 쑤셔 넣은 적이 없다는 듯 다시 방송 봇의 기능을 수행했다.

나는 이 아나운서 역할에 별다른 자의식을 가지지 않았던 것 같다. 왜냐하면, 내 생각을 말하는 것도 아니고 내 개성을 드러낼 수 있는 것도 아니어서 그랬다. 나와 분리할 수 있었던 것이다. '말하는 나'

를 '내 안의 나'가 지켜보는 느낌이었달까. 그래서 별로 어렵지 않았다. 소리내어 책을 읽는 일과 비슷하다고 생각했다.

어렵다면 어려운 일이, 방송을 하면서 밥을 먹는 거였다. 음악이 나오는 도중에 말이다. 음악에 감이 없는 나로서 음악의 프레이즈에 대해 이해하는 건 무리였으므로 '언제쯤 끝날 것이다.'라는 예상을 하지 못했다. 카세트테이프에 재생시간이 몇 분 몇 초라고 쓰여 있긴 했지만, 입에 밥을 넣고 씹으면서 동시에 '몇 분 몇 초 중에서 몇 분 몇 초가 지나고 있으니 몇 분 몇 초가 남았군!'이라고 종합적 판단을 하지도 못했고.

그러니 내가 할 수 있는 일을 할 수밖에. 내가 할 수 있는 일이란, 최대한 신속히 입안의 밥을 식도로 보내는 것이었다. 그러니 제대로 씹지 못했다. 대충 씹은 후 '꿀떡' 넘긴다. 남아 있는 밥 4분의 3도 그렇게 처리했다. 이걸 1년 내내 했던 것이다. 당시에는 별생각 없이 기계적으로 밥을 처리했는데, 지금 생각해보니 역시나 방송 봇이었다는 느낌이 든다. 인텔리전스 기능이 있는 봇이 아닌, 그다지 발전하지 않은 초기의 로봇.

　　Y와 전화를 끊고서 당시의 일이 떠올랐다. 최근 라디오를 진행하고 있는 Y는 늘 배가 고프다고 했다. 그도 그럴 것이 들어보니 밥을 먹을 짬이 없었다. 거의 매일같이 두 시간의 생방송을 하고, 추가로 녹음을 하기도 하면 다섯 시간쯤 스튜디오에 머물 수밖에 없는 상황이었다. 음악에 할당된 분량이 거의 없어서 내가 했던 것처럼 음악으로 때우지도 못한다고 했다. 음악이 나가는 동안 잠시 한숨 돌리기도 하는 다른 진행자들처럼 할 수가 없는 것이다. 음악이 나간다고 해도, 프로 세계의 진행자인 Y가 중학교 방송반 아나운서였던 나처럼 도시락을 먹을 수도 없을 테지만.

　　우리의 대화는 막간을 이용해 먹을 수 있는 간편식으로 넘어갔다. Y는 그다지 좋아하지는 않는 가루로 된 선식류를 먹을 수밖에 없는 답답함을 토로했다. 매일같이 선식 셰이크를 먹는다고. 나 역시 그런 음식은 좋아하지 않는다. 몸에 좋다는 이유만으로 맛을 희생하고 싶지는 않은 것이다. 나는 가방 안에 넣고 다니다 급격히 배고파질 때 먹곤 하는 파우치 형태의 두유를 추천했다.

'왜 간편식의 세계에 야채란 없는 걸까?'라고 늘 의문을 품어왔다. 끼니를 놓치고 편의점에 가서 간편식을 사려고 하면 소시지나 빵, 삶은 달걀뿐이다. 목이 막히는 느낌을 주는 간편식을 원하지 않는 나는 조용히 그것들을 내려놓는다.

야채를 간편식으로 유통할 수 있는 방법은 정녕 없는 걸까? 신선함을 유지하는 게 문제라면 이런 건 어떨지. 물을 부으면 부풀어 오르는 물티슈처럼 물을 부으면 부풀어 오르는 야채 말이다. 브로콜리도 좋고, 오이도 좋고, 셀러리도 좋은데….

민트의 세계가 아니라

소설가 듀나가 쓴 『민트의 세계』가 나온 걸 보고 내가 썼으면 좋았을 제목이라고 생각했다. "그런데 어디에?"라고 구체적으로 묻는다면 할 말이 없지만 그때는 그랬다. 등장인물 이름이 '민트'와 '박하'라니… 또 '민트 갱'이라니… 부러웠다. 그러다 '아, 나는 민트가 아니라 허브였지.' 싶었다.

나의 (식)세계를 민트로 한정짓기에는 부족하다. 나는 민트를 포함한 허브를, 허브의 광활하고도 짜릿한 세계를 좋아한다. 아니, 어쩌면 좋아한다는 것 이상일지도 모르겠다. 민트, 고수, 바질, 이탤리언 파슬리, 루콜라, 딜… 이것들이 냉장고에 없으면 불안해진다. 매일같이, 하루에 한 번은 이것들을 먹어야 하기 때문이다. 이 정도면 사랑이라고 하기도 좀 그렇다. 열광 혹은 집착쯤이 아닐까 싶다. 아니면 데이비드 린치의 영화 제목처럼 〈광란의 사랑〉 정도?

언제부턴가 나는 '허브인'이 되었다. '자연인'도 아니고 '체육인'도 아닌 '허브인'이. 어째 이렇게 자명해놓고 보니 느끼하기도 한데, 사실이 그렇다. 허브와 함께 눈뜨고 허브와 함께 잠드는 것까지는 아니지만 허브와 더불어 살고 있고, 허브가 없는 삶은 상상하기조차 싫다.

허브가 들어간 음식을 하루에 한 번이라도 안 먹으면 먹어도 먹지 않았다는 느낌이 든다. 먹는 것이 중요한 나로서 그런 자각은 제대로 살고 있지 않은 듯한 느낌으로 이어지기도 한다. 그러면 마음이 헛헛해지고⋯ 배가 부른데도 다른 음식을 찾게 된다. 언제부턴가 그렇게 됐다.

모든 것은 이태원에서 시작되었다. 동남아 음식을 좋아하는 내가 당연히 동남아에 다녀왔을 줄 아는 사람들이 있지만, 어쩌다 보니 한 번도 가보지 못했다. 두리안의 냄새가 얼마나 지독한지에 대해 사람들이 배틀을 벌이고 있으면 가만히 있을 수밖에 없는 것이다. 나는 이태원에서 동남아 음식을 배웠고, 계속해서 이태원에서 동남아 음식을 먹는다. 유럽에서도 동남아 식당을 일부러 찾아가는 나로서는 결국 거기도 '이태원'이라는 생각이 들기도 한다.

이태원에서 먹었던 동남아 음식이 아주 훌륭했던 건 아니다. 뭔가 시시했다. 처음 먹었음에도 '더 로컬적인 걸 원한다고!'라는 마음이 들 정도로 한국

화된 음식이었던 것이다. 그래도 이 음식이 구사하려는 정신이랄지 본질이랄지를 짐작할 수 있었다. 그저 그런 번역을 뚫고 솟아나는 위대한 원작 같은 거랄까. 어쨌거나 거기에는 향신료가 있었다! 베트남 음식에서 만난 고수, 태국 음식과 인도네시아 음식에서 먹은 타이 바질은 나를 단숨에 사로잡았다.

사실 스무 살이 되기 전까지 내가 먹는 음식들이라고는 한식이 거의 전부였다. 외식을 할 때도 오리고기나 버섯전골 같은 한식을 주로 먹었고, 그게 아니면 중식당이거나 횟집이었다. 그런데 성인이 되면서, 매일같이 돈을 지불하고 음식을 사 먹게 되면서, 새로운 세계가 열렸다. 나는 오로지 다양한 음식(과 약간의 옷)을 위하여 아르바이트를 했다. 아르바이트한 돈을 용돈에 더해 당시 나의 마음을 사로잡은 맛집들에 탕진했다. 곱창과 양 같은 내장을 꽤나 좋아해서 일주일에 한 번씩 먹은 것을 제외하고는 동남아 식당에 주로 돈을 썼다. 그랬었다.

그러다 딜과 민트를 만났다. 2011년에 프랑스 파리에서 한 달을 살 때였다. 한 접시에 12유로쯤 했던 연어 샐러드에 그것들이 들어 있었다. '연어 샐러드가 연어 샐러드지.'라며 시큰둥하게 씹던 나는 정신이 바짝 들었다. 카페 식당인 데다 좀 꼬질꼬질하기까지 해서 거의 기대를 안 했기 때문에 더 그랬다. '아니, 이게 뭐지?' 싶어서 샐러드를 노려보니 딜과 민트가 있었다. 그걸 먹기 전까지 나는 민트는 모히토에나 넣는 줄 알았고, 딜은 문어 정도와 어울리는 줄로만 알았었다.

　그 이후에도 여러 번의 강렬한 만남이 있었다. 독일 튀빙겐의 근사한 식당에서 먹었던 도미 요리… (도미 배 속에는 레몬이 가득 들어 있었는데 레몬을 씹자 허브 향도 함께 느껴졌다. 나는 도미보다 허브에 재운 레몬을 아껴 먹었다.) 독일 뤼벡의 선원 조합 건물을 개조한 엄청나게 층고가 높았던 식당에서 먹었던 혀가자미 요리… (다와다 요코의 소설에서나 보았던 이 혀가자미를, 같이 나온 크레송으로 감아 먹었다. 심장이 아파올 정도로 감동적인 맛. 허브 버터도 있었다.) 이탈리아 토리노에 있을 때 네 번이나 간 식당에서 먹었던 생선 요리… (포일을 열자 엄청나게 거대한 생선이 나왔는데, 생선 배 속은 허브로 꽉 차 있었고, 그 허브 생선을 먹으면서 몇 번이나 감탄했는지 모른다. 생선의 정체는 살몬 트라우트, 그러니까 바다 송어였다.) 등등.

어쩌다 보니 거의 유럽에서의 경험들인데, 항상 허브를 즐길 수 있었던 건 아니다. 베를린과 런던에서는, 더 과거로 거슬러 올라가면, 프랑크푸르트와 카셀과 뒤셀도르프에서는 그렇지 않았다. 허브가 거의 없었다. 여기까지 쓰다 보니 내가 독일 음식에 그리 호의적이지 않은 이유를 알 것 같다. 독일 음식이 허브에 포용적이지 않아서 그런 것 아닐까 하는. 맛에 있어 감각적 요소를 딱히 중요하게 여기지 않는다는 이유도 있지만 말이다. 그런데 '허브를 취급하지 않는다.'와 '감각적 요소를 무시한다.'가 같은 말처럼 느껴지기도 하는 것이다.

이런 순간과 경험과 감정들이 쌓이고 쌓여 어느 순간 허브를 사게 되었다. 냉장고 안에 오로지 허브만을 위한 수납 공간을 마련한 사람이 되었다. 장마철이나 태풍주의보가 내린 날이면 신선한 허브를 사지 못할까 노심초사하는 사람이 되었다. 그래서 장마전선과 태풍의 이동 경로를 확인하는 사람이 되었다.

짜릿함을 추구하는 건 아닙니다만

더 이상 사 먹지 않는 음식들이 있다. 똠얌꿍이 그렇고, 그린 카레가 그렇다. 월남쌈도 더 이상 사 먹지 않는다. 쓰고 보니 죄다 동남아 음식들이다. '이태원의 시대'도 일단락된 것이다.

한동안 태국 식당과 베트남 식당을 꽤나 다녔다. 이태원의 식당들을 시작으로 파리에서도, 베를린에서도, 도쿄에서도, 피렌체에서도, 런던에서도… 열심히도 태국 식당을 찾아 다녔다. 일단 현지에 도착하면 'Thai food' 혹은 'Thai restaurant'을 검색하고 봤다.

지금은 누군지 기억나지 않는 그는 말했다. 외국에 나갈 때면 일부러라도 차이나타운을 간다고. 그 말을 듣고 좀 기가 죽었다. '내가 가본 차이나타운이라고는 인천과 런던이 전분데….'라고 생각했지만 입 밖으로 내지는 않았다. 그는 나와의 대화보다 교화를 원하는 것 같았기 때문이다. '이 우매한 여자를 차이나타운 신도로 만들고 말겠어!'라는 결기 같은 게 느껴졌달까. 지나고 생각해보니 내가 외국에서 태국 식당에 가는 일은 아마 그의 차이나타운 습

벽과 비슷한 데가 있는 것 같기도 하다.

왜 그렇게 좋아했을까 싶다. 해산물을 많이 쓴다는 것, 버미셀리의 독특한 식감, 또 상큼함에 중독되었던 듯하다. 나는 신맛을 꽤나 좋아한다. 과일의 신맛이 아니라 음식에서 낼 수 있는 신맛. 레몬이나 라임, 핑거 라임, 다양한 자연의 식초들을 넣은 음식을 말이다.

그리고 향신료! 그리고 허브! 처음에는 그것들의 이름이 뭔지도 몰랐다. 갈랑갈, 레몬그라스, 타마린드… 알려고 하지 않아도 차츰 알게 되었다. 그리고 하나씩 구입하기 시작했다. 동남아 식재료들을 말이다.

처음 산 것은 반(半)레토르트 식품이었다. 태국의 블루엘리펀트사에서 나온 그린 카레. 그린 카레 페이스트와 코코넛 밀크가 혼합되어 있는 소스 일체로, 이 소스를 끓이다가 다른 재료를 취향껏 넣으면 되었다. 나는 이 레토르트 카레를 위해 구리로 된 카레 냄비를 처음으로 꺼냈다. N의 친구 K가 하는 응암동의 빈티지 그릇 가게에서 샀던. K는 이걸 인도에서 사 왔다고 했다. 구리 냄비 덕인지 블루엘리펀

트사가 훌륭해서 그런지 내가 처음으로 완성한 그린 카레는 식당에서 팔아도 될 만한 맛이었다. 내가 한 거라고는 야채를 넣은 것과 간을 맞춘 것밖에 없었다. 피시 소스와 라임즙과 설탕으로 간을 맞추라고 봉투에 쓰여 있었기에 그대로 했을 뿐이다.

첫 성공에 고무되어 본격적으로 하나씩 사들이기 시작했다. 그러니까 인도 카레 냄비에 태국 카레를 끓였던 날 이후로 말이다. 친구들이 동남아에 다녀오면서 사다주기도 했다. B는 베트남에서 쌀국수 스톡과 하나씩 포장된 육수 팩을, 말레이시아에 갔던 Y는 삼발 소스와 타이 칠리 소스를 사다주었다.

나의 현 단계는 말린 갈랑갈과 카피르 라임잎을 사서 소분해 두고, 통조림으로 된 코코넛 밀크의 비실용성을 깨닫고 소용량으로 포장된 종이팩을 사는 데 이르렀다. 그리고 어디에 쓸지도 모르면서 타마린드라는 것을 구입해보았다. '타마린드'라는 이름의 태국 식당에서 먹었던 태국식 돼지갈비가 인상적이었기 때문이다. 정작 타마린드는 먹어보지도 못했으면서….

그래서 더 이상 동남아 음식을 사 먹지 않게 되었다. 대신 일주일에 한두 번씩 동남아 음식을 만들어 먹는다. 맛도 맛이지만 무엇보다 간편하다. 똠얌꿍이든 그린 카레든 10분이면 모든 과정이 끝난다. 나는 우거지가 먹고 싶어서 (우거지를 하루 동안 불려) 우거지 갈비탕을 끓이고, 고사리가 먹고 싶어서 (고사리를 하루 동안 불려) 고사리 굴비 조림을 하기도 하는 사람이지만, 무엇보다 간편식을 사랑한다.

내가 사랑하는 간편식이란 전자레인지에 돌리는 '땡 음식'이 아니라 10분 안에 모든 조리가 끝나는 '간단 요리'다. 몇 번 해보니 알게 되었다. 동남아 음식은 먹는 것을 좋아하지만 귀찮은 것은 싫어하는 나를 위한 음식이라는 걸 말이다. '간편식' 혹은 '간단 요리'를 추구하는 내게 최적화된 음식임을 말이다. 게다가 허브마저 듬뿍 넣을 수 있고!

터득까지는 아니지만 내가 알게 된 동남아 음식의 비밀을 슬며시 알려드리고 싶다. 나는 어느 날 '달고, 짜고, 시고, 맵고… 짜릿'한 게 특색이라는 동남아 음식을 수식하는 단어들에서 배움을 얻었다. '단 것은 설탕이요, 짠 것은 피시 소스요, 신 것은 라임이요, 매운 것은 고추요… 짜릿한 것은 허브이니라.' 댕댕 종이 울리며 이 말이 머릿속에서 들려오는 것이었다.

물론 더 고차원적인 게 있을 것이다. 이를테면 피시 소스만 해도 보통 슈퍼에서 파는 것 말고 '느억 맘 니'라는 질 좋은 현지식 피시 소스가 있다는 것을 들었다. 사실 내가 하는 다섯 개 미만의 동남아 음식은 광활한 동남아 레시피의 일부일 뿐일 테고. 내가 몇 번 해보고 터득 운운할 만큼 동남아 요리의 세계가 단순하기만 할 거라고 생각하지 않는다. 하지만 내가 간단하게 구현한 동남아 요리도 꽤나 먹을 만해서 자신감을 얻기엔 충분했다.

자신감을 얻으니 자유로워졌다. 꼭 이태원에 가지 않아도 되고, 더 이상 레시피를 뒤지지 않아도 된다. 나는 내 주방에서 자유롭게 동남아 음식을 하게 되었다. 넣고 싶은 재료가 있다면 마음대로 넣게 되었다. 물론, 'A와 B가 어울리고, B와 C는 어울리지 않는다.' 정도의 경험으로부터 얻은 기본을 준수하는 선에서 말이다.

규칙이 복잡하지 않다고 생각한다. 그래서 더 자유롭다고 생각하는지도 모르겠다. 원한다면 여러분도 자유를 추구할 수 있다. 짠 걸 원한다면 더 짜게, 신 걸 원한다면 더 시게, 듬뿍듬뿍. 나는 세 가지 허브를 넣는 것으로 내 자유를 마음껏 누린다. 나는 딱히 '짜릿함'을 추구하는 건 아니지만 허브 없이는 살 수 없는 허브인이므로.

바냐 카우다

유치하거나 어색해 보이는 경구 같은 말들에 일말의 진리가 있다고 생각한다. 나도 한번 만들어보았다. '세상에서 두 번째로 맛있는 음식은 아직 먹어보지 못한 음식이다.' 그리고 하나 더, '세상에서 제일 맛있는 음식은 아직 만들어보지 않은 음식이다.'

삼청동에 있는 단팥죽집 '서울서 둘째로 잘하는 집'에서 힌트를 얻었다고 밝히고 싶다. 사실 '두 번째로 잘한다.'나 '두 번째로 맛있다.'라는 건 제일 맛있다는 거다. 하지만 스스로 '제일 맛있다.'거나 '제일 잘한다.'라고 생각하지 않기 때문에, 아직 부족하다고 생각하기 때문에, 미래가 더 기대된달까. 그리고 아마 제일 맛있는 건 오늘 한 게 아니라 내일 한 것일 게다. 어떻게 보면 겸손 같지만 또 어떻게 보면 '나의 경쟁자는 나밖에 없다.'라는 엄청난 자부심에서 나온 말로도 생각할 수 있다.

나는 내가 먹어보지 못한 음식, 그러니까 상상의 음식에 대해 오래 생각해왔다. 글을 깨우친 무렵부터 시작된 것 같다. 동화책에 나오는 음식들은 나를 자극했다. 개암, 버찌, 링곤베리, 까치밥나무즙, 코코넛… 이것들을 먹어보고 싶다는 열망에 단어를 금방 익혔다. 내게 단어를 습득하는 건 세상을 습득하는 것이었고, 세상을 가지는 것이었다. 내가 모르는 세계에 내가 모르는 맛이 있다는 건 늘 나를 설레게 했다. 한편으로는 괴롭기도 했다. 음식과 맛에 대해 궁금해하다가, 답답해지다가, 괴로워지는 것이다. 현실에서 아는(=먹는) 게 불가능하니 상상하는 수밖에 없었다.

재미있는 일은, 나의 상상은 언젠가 보답받기도 한다는 것이다. 몇십 년이 흘러 다른 나라에 갔다가 마침내 그 음식을 먹어보는 기적이 일어나기도 한다. 처음 대추야자 생과를 먹고서 얼마나 감격에 겨웠는지…. '이게 알리바바가 먹던 음식이라고요!'라며 길에서 소리치고 싶은 정도였달까. 이렇게 기쁨이 강렬한 것은 내가 그 음식을 오래도록 생각해왔기 때문일 거다. 생각하지 않았더라면, 상상하지 않았더라면, 나는 그것이 어릴 적 궁금해하던 그 음식인지 알 수 없었을 것이다. 그토록 그리워하던 연인을 만나고도 못 알아보는 것과 비슷하다고 하겠다. 내게는 이 마침내 만난 음식이, 세상에서 두 번째로 맛있는 음식이다.

그렇다면 세상에서 가장 맛있는 음식은 뭘까? 내가 아직 만들어보지 못한 음식인 것 같다. 모든 음식이 해당되지는 않는다. 이를테면, 쌈밥과 카레 같은 음식을 만들어보지 못했다고 해서 세상에서 가장 맛있는 음식이 되는 건 아니라는 말이다. 일단 흔하지 않아야 한다. 음식의 이름이나 들어가는 재료나 레시피나 많이 보아온 것은 안 된다. 또, 입에 넣자마자 놀라움이 있어야 한다. '새로운 맛'이라는 게 느껴져야 한다. 그런데 또, 내가 아직 만들어본 건 아니어서 맛의 비밀을 몰라야 한다. 일종의 신비감이랄까?

나는 '신비감'을 생각하면 존 업다이크의 소설 『달려라, 토끼』가 떠오른다. 주인공 래빗은 여자와의 첫날밤을 앞두고 물에 적신 수건으로 여자의 화장을 '박박', 정말이지 '박박' 지워버린다. 딱히 감동스럽지도 아름답지도 않은, 이상하기 짝이 없는 장면이다. 나는 종종 그들이(업다이크와 래빗 모두) 왜 그랬을까 생각해보지만 여전히 모르겠다. 첫날밤의 신비를 없애버리려 했다는 것 말고는. 그런데… 왜?

내게 음식의 신비감에 대해 논하게 한 음식이 있다. 바냐 카우다(bagna càuda). 온갖 익히지 않은 야채를 갈색 소스에 찍어 먹는 음식이다. 마법의 주문 같기도 한 '바냐 카우다'라는 이름도 마음에 들어서 듣자마자 마음에 품어버렸다. 만약 내게 반려견이 두 마리 있다면, '바냐'와 '카우다'라고 부르고 싶을 정도로.

바나 카우다는 이탈리아어로 뜨거운 그릇 혹은 뜨거운 소스를 뜻하는 말이라고 한다. 생야채를 찍어 먹는 게 뭘 그리 특별하겠어 싶을 수도 있겠는데, 나한테는 어느 음식보다 특별했다. 안초비와 마늘, 올리브 오일이 들어갔을 것으로 짐작되는 녹진한 연갈색 소스에 찍어 먹는 생야채는 내가 아는 야채가 아니었다. 원래 야채를 좋아하기도 하지만 바냐 카우다 스타일로 야채를 먹으면 뭐랄까⋯ 야채가 식도를 타고 내려가는 게 아니라 승화된다고 느꼈다. 영혼에 기여하고 있다는 느낌이었다.

나는 이 음식을 세 번 먹어보았는데, 처음부터 그랬던 건 아니다. 첫 번째는, 청담동에 있는 '콩부인'이라는 레스토랑에서였다. 처음 본 희귀한 생야채들이 이쁘게도 놓여 있었다. 종업원은 그 복잡하고도 이국적인 야채의 이름들을 친절하게 이야기해 주었는데 지금 기억나는 건 아이스플랜트와 프리세 정도다. 두 번째는, 이탈리아 토리노의 연달아 네 번 간 식당에서였다. 모든 게 맛있는 그 식당에서 '피에 몬테 정찬'이라는 걸 시켰는데 바냐 카우다가 정찬의 첫 번째 음식으로 나왔던 것이다. 여기에 너무도 몰입한 나머지 다음 음식들에 흥미를 잃어버렸을 정도로 강렬한 경험이었다. 세 번째는, 도쿄의 아오야마에 있는 복합몰의 농가 식당(을 표방하는 곳)에서 먹었다. 토리노에서만큼은 아니었지만 초록에 취하기에는 충분했다.

얼마 전에 알게 되었는데, 바냐 카우다는 이탈리아의 피에몬테 지방 요리라고 한다. 내가 바냐 카우다를 열광적으로 접한 토리노는 피에몬테주의 주도이니, 제대로 먹었던 셈이다. 나는 바냐 카우다의 본고장에서 그토록이나 바냐 카우다에 몰입했던 것이다. 이쯤 되자 역시 바냐 카우다 냄비가 갖고 싶어졌다. 그래서 바냐 카우다를 그리워하는 나는 퐁듀 냄비와 비슷하게 생긴 이 바냐 카우다 냄비를 해외 사이트에서 종종 검색해보곤 한다.

여전히 고민한다. 바냐 카우다 냄비를 사야 할지, 말아야 할지. 이건 단지 쇼핑을 하느냐 마느냐의 문제가 아니다. 바냐 카우다를 여전히 신비 속에 남겨두어야 할지 아니면 몸소 신비를 거두어버려야 할지의 실존적인 문제다. 그래서 어렵다. 살 것이냐, 사지 않을 것이냐.

어느 날 내가 바냐 카우다 냄비를 사게 된다면, 그래서 바냐 카우다를 만들게 된다면, 아마도 '세상에서 세 번째로 맛있는 음식'이 될 거라는 예감이 든다.

003

그리너리 푸드

오늘도 초록

1판 1쇄 펴냄 2020년 5월 20일   지은이 한은형
1판 3쇄 펴냄 2022년 5월 30일

편집 김지향 김수연 정예슬
교정교열 안강휘
디자인 박연미
일러스트 김한결
미술 이미화 김낙훈 한나은 이민지
마케팅 정대용 허진호 김채훈 홍수현 이지원 이지혜 이호정
홍보 이시윤 박그림
저작권 남유선 김다정 송지영
제작 임지헌 김한수 임수아 권혁진
관리 박경희 김도희 김지현

펴낸이 박상준
펴낸곳 세미콜론
출판등록 1997. 3. 24. (제16-1444호)
06027 서울특별시 강남구 도산대로1길 62
대표전화 515-2000
팩시밀리 515-2007   세미콜론은 민음사 출판그룹의
편집부 517-4263   만화·예술·라이프스타일 브랜드입니다.
팩시밀리 515-2329   www.semicolon.co.kr

ISBN   트위터 semicolon_books
979-11-90403-63-4 03810   인스타그램 semicolon.books
                          페이스북 SemicolonBooks
                          유튜브 세미콜론TV

● 이 책의 원고는 저자가 한국문화예술위원회의
지원을 받아 토지문화관에서 창작하였습니다.